rororo rotfuchs
Herausgegeben von Renate Boldt und Gisela Krahl

Originalausgabe
Veröffentlicht im Rowohlt Taschenbuch Verlag GmbH,
Reinbek bei Hamburg, November 1984

Umschlagillustration Friedrich Kohlsaat
rotfuchs-comic Jan P. Schniebel
Umschlagtypographie Manfred Waller

Gesetzt aus der Helvetica (Linotron 202)
Gesamtherstellung Clausen & Bosse, Leck
Printed in Germany
580-ISBN 3 499 20377 4

Marieluise Bernhard-von Luttitz

Uli und Rike

Geschichten von zwei Lausemädchen

Bilder von Friedrich Kohlsaat

rororo

Rowohlt

Marieluise Bernhard-von Luttitz: Buchhändlerin; freie Journalistin; Auslandsaufenthalte; nach dem Krieg Dozentin für Frauenfragen (Bremen); lebt als freie Schriftstellerin in Bernau/Chiemsee. Veröffentlichungen: «Bumfidel-Geschichten» (rotfuchs 318); «Was mich weckte, war kein Vogelruf», Roman (rororo 4576); u. a.

Friedrich Kohlsaat: Studium an der Kunsthochschule Bremen; veröffentlicht Bilderbücher und illustriert Kinder-, Jugend- und Sachbücher, u. a. die rotfuchs-Bücher «Bumfidel-Geschichten» (318), «Rätselkiste» (290), «Witzekiste» (253) und «Zauberkiste» (319); außerdem Mitarbeit als Zeichner bei Zeitschriften und beim Fernsehen; entwirft Buchumschläge und Plakate; lebt in Freising bei München.

Inhalt

Getauscht ist getauscht

Uli heißt eigentlich Ulrike. Aber sie wird Uli genannt. Wie es so kommt.
Ihre beste, allerbeste Freundin, mit der Uli ständig zusammensteckt, heißt auch Ulrike. Aus reinem Zufall. Nicht etwa nachgemacht. Da ist es ein Glück, daß alle Rike rufen, wenn sie sie meinen. Denn sonst kämen bestimmt immer gleich beide gelaufen. Oder die falsche. Oder gar keine. Je nachdem, ob der Spielplatz noch nicht aufgeräumt ist oder Kuchen übrigbleibt, oder sonst etwas Ähnliches. Beispielsweise.
Natürlich kann es auch sein, daß Ulis Eltern oder Rikes Eltern von beiden etwas wollen. Zur gleichen Zeit.
Dann winkt eine Mutter aus dem Fenster. «Uli! Rike! Kommt rein», ruft sie, wenn sie auf der Straße oder im Garten waren.

Einmal rief Rikes Mutter: Ulrike! Das war, als beide ihren Joghurt essen sollten. Das war komisch, aber eigentlich auch am einfachsten.
«Nur wenn ihr zur Schule geht», meint Ulis Mutter, meint Rikes Mutter, meinen beide Mütter und Väter, «müßt ihr euren richtigen Namen sagen, nicht nur den halben. Jede für sich.»
«Und wann kommen wir zur Schule?» fragt Rike.
«Bald», sagt Ulis Vater. «Wenn der Sommer vorbei ist. Dann!»
Uli und Rike sind Nachbarskinder. Sie kommen kaum ohne einander aus. Geschwister zum Spielen haben sie nicht. Uli hat nur zwei ganz große Brüder, die schon lange zur Schule gehen. Rike hat eine winzige Schwester.
Rike zeigt gern wie klein sie ist. «Fast noch kleiner als meine Puppen», sagt sie, «sie schläft und sie schreit.»
Uli und Rike dürfen hin und wieder ins

Körbchen gucken oder beim Baden und Wickeln zusehen. Das tun sie gern. Sonst ist wirklich noch nichts mit ihr anzufangen.
«Später», sagt Rikes Mutter, «wenn ihr älter seid, dürft ihr Gertie spazierenfahren!»
Ulis Brüder streichen der kleineren Schwester manchmal über den Kopf. «Na, Kleine?» Das ist alles. Damit kann Uli nichts anfangen.
Und so sehen die beiden Freundinnen aus:
Uli rund und fest mit brauner Haut. «Richtig knackig», meint ihr Vater. «Wie ein Würstchen, in das man reinbeißen möchte.» Der Vater tut manchmal so, als täte er es.
«Nein», schreit Uli und quiekt vor Vergnügen. Sie hat Haselnußaugen und einen Wald von Locken rund um den Kopf, die ihr bis auf die Schultern fallen. Die Eltern sind stolz auf Ulis Locken, Uli

selbst nicht. Sie schreit schon, wenn die Mutter nach der Bürste greift. Sie versteckt sich im Keller oder im Klo. Es ziept nämlich ganz gräßlich.
Rike hat es gut. Bei ihr ziept nichts. Ihre Mutter sagt: «Rike muß mit Schnittlauchlocken zufrieden sein!» Ihre Haare sind ganz fein und dünn. Alles an Rike ist fein und dünn.
Uli möchte viel lieber wie Rike, Rike viel lieber wie Uli aussehen. Da fällt Uli eines Tages etwas ein:
«Wir könnten ja tauschen», schlägt sie vor. Sie meint, wenigstens was die Haare betrifft. Rike bleibt der Mund offen stehen. «Tauschen? Ich glaube, du spinnst, wo Haare doch angewachsen sind!»
Uli zeigt ihre Spielzeugschere. «Und was ist das? Was macht man damit?»
Zu ihrem Kummer ist die Schere vorn rund. Mit einer spitzen darf sie nur schneiden, wenn ein Großer ihr auf die Finger guckt. An der Stelle ist es wohl

wichtig zu sagen, daß Uli und Rike erst sechs Jahre alt sind. Also: Uli hat ihren Plan, von dem sie sich nicht abbringen läßt. Ganz egal, was hinterher kommt. Aber dann ziept wenigstens auch nichts mehr.

Rike schließt die Augen, während Uli ihr – ritsche ratsche – in die Haare fährt. Das ist keine Sache, das geht schnell. Es kommt wenig herunter und von dem wenigen bleibt auch noch ein Teil auf Rikes Pulli hängen. Uli sammelt den Rest mit einer Kehrschaufel ein.

Dann betrachtet sie die Freundin und fängt an zu lachen. Sie hört gar nicht mehr auf zu lachen.

«Wie du aussiehst! Wie ein gerupftes Huhn!»

Rike weint. Sie möchte nicht wie ein gerupftes Huhn, sondern sie möchte wie Uli aussehen.

Rike hat Angst, Ulis dicke Locken, über die alle staunen, herunterzuschneiden.

«Los», fordert Uli, «fang endlich an, sonst kommt noch einer!»
Rike hängt Uli ein Handtuch um. *Sie* schneidet viel sorgsamer. Sie setzt die Schere ganz unten auf der Kopfhaut an und nimmt immer ein ganzes Büschel Haare zwischen die Finger. Eins nach dem anderen legt sie auf den Tisch.
«Und so wie sie da liegen», sagt Uli, «kleb ich sie dir wieder dran!»
Sie weiß, wie man Leim anrührt, wenn man keinen fertigen hat: Einfach mit Wasser und Mehl, was sie sich aus der Küche besorgt. Ihre Mutter ist weg.
Mit der Pampe pappt sie die Büschel an Rikes Kopf.
Sehr gut halten sie nicht, und es sieht ziemlich komisch aus.
Auch umgekehrt, denn Rikes feines Haar liegt eher auf Ulis struppigem Kopf, als daß es hängt.
«Wir müssen warten bis alles richtig trocken ist», tröstet Uli, «dann kämmen

wir es aus. Dann wirst du schon sehen wie schön du aussiehst!»
Aber vorher kommt die Mutter, Ulis Mutter, vom Einkauf zurück. Sie steht in der Tür – ganz stumm und starr, ehe sie sagt: «Ja, du lieber Himmel! Was ist denn das?»
Uli zuckt die Schultern, obwohl ihr das Herz bis zum Hals hinauf klopft.

«Getauscht», sagt sie. «Einfach getauscht!»
Ulis Mutter schimpft nicht einmal. Sie weint nur.
Und obwohl beide Mütter beiden Kindern umgehend die Köpfe waschen, kleben sie nachts doch noch am Kopfkissen fest. Das ist kein Spaß. Danach geht es *echt* zum Frisör. Der schneidet ab, was an Haaren noch übrig ist.
Jetzt sehen beide wie kleine Igel aus.
Uli ist zufrieden. «Wenigstens ziept jetzt nichts mehr», sagt sie.
Rikes Mutter hofft, daß Rikes Haare jetzt dicker werden. Dann hätte das Ganze noch einen Sinn gehabt.
Aber Ulis Haare ringeln sich schon nach wenigen Tagen wieder wie Mäuseschwänzchen. Rikes hängen nach einem Monat wieder wie Seidenfäden, und alles ist wie es war.
«Schade», sagt Uli, «daß man immer der bleiben muß, der man ist!»

Einmal in die Schule gehen

Uli und Rike spielen Schule. Das tun sie für ihr Leben gern. Nur will Uli immer die Lehrerin sein. Nie das Kind. Eines Tages aber fällt ihr ein: «Weißt du was, Rike? Wir gehen heute echt!»
«Echt in die Schule?» Rike schüttelt den Kopf. «Das können wir doch nicht!»
«Doch», sagt Uli. «Wir üben einfach. Nach dem Sommer gehen wir sowieso!»
«Und wenn einer schimpft?»
«Da schimpft keiner. Lehrer schimpfen nur, wenn Kinder *nicht* in die Schule wollen. Wenn welche kommen, die noch gar nicht müssen, da freuen sie sich!»
Rike seufzt. Immer fällt Uli so was Verrücktes ein. Warum soll man echt in die Schule gehen, wenn man noch so schön

spielen kann? «Überhaupt», sagt sie, «wo kriegen wir einen Tornister her? Den braucht man doch!»
Uli lacht. «Also komm mal mit! Da wirst du staunen!»
Der Schlüssel zum Boden hängt am Schlüsselbrett. Ulis Mutter schläft. Sie hat sich ein bißchen aufs Ohr gelegt, nach dem Küche-Aufräumen.
Uli sagt trotzdem: «Pscht!» Beide schleichen zum Boden hinauf. Uli dreht den Schlüssel im Schloß. Das quietscht ein bißchen. Dann springt die Tür auf.
Auf dem Boden ist es dunkel. Nur ein bißchen Licht fällt durch zwei Luken herein. Uli tastet nach dem Lichtschalter, den sie nicht findet. Irgendwo knackt es. Beide lauschen. Beiden klopft das Herz, daß man es hören kann.
«Ein Gespenst?» flüstert Rike.
Dann schlagen Flügel. Ein Vogel fliegt zum geöffneten Fenster hinaus. Uli nimmt Rike jetzt an die Hand. In der hin-

tersten Ecke, bei den Koffern, mit einer Decke zugedeckt, sind gleich zwei Tornister versteckt. Uli lacht. «Die sind von meinen Brüdern, glaube ich. Weil die ja

jetzt nur noch Taschen tragen. Kann aber auch sein, daß sie noch von meinen Eltern sind, als *die* Kinder waren.»
Uli stopft die Tornister voll mit Schmierpapier, Bilderbüchern und einer abgelegten Fernsehzeitschrift. «Und Malstifte», sagt sie, «die brauchen wir auch!» Rike ist das Ganze nicht sehr geheuer.
Der Schlüssel zum Boden hängt wieder am Haken, als beide eilig das Haus verlassen.
«Bis meine Mami aufwacht», sagt Uli, «sind wir zurück!»
Über die Straße müssen sie nicht, zum Glück. Da hätte Rike gestreikt, weil ihr das ganz streng verboten ist. Uli übrigens auch.
Zweimal müssen sie nur um die Ecke gehen, dann sind sie schon bei der Schule. Es ist eine neue, die erst vor kurzem da hingebaut ist.
Rike bleibt etwas hinter Uli zurück, die

als erste den Schulhof betritt. Sie hält den Kopf hoch.
Rike fragt: «Und wo gehen wir rein?»
Die Schultür steht offen. Im Erdgeschoß am Ende des Ganges arbeitet eine Putzfrau. Jetzt richtet sie sich auf.
«Wo wollt ihr denn hin?»
Uli sagt: «Na in die Schule! Wohin denn sonst?» Es klingt ziemlich frech.
Die Putzfrau schüttelt den Kopf. «Jetzt am Nachmittag? Da findet doch gar kein Unterricht statt. Höchstens Sport – hinten im Hof. Oder wollt ihr eure Lehrerin sprechen? Die sind alle oben. Da ist Konferenz. Na wartet mal! Ich bringe euch hin!»
Die Putzfrau steigt auf der Treppe voran. Eimer und Schrubber läßt sie stehen.
Die beiden *Schulmädchen* gehen hinter ihr her.
Jetzt wären sie lieber wieder davongerannt. Doch was hätte die Putzfrau dann gedacht? Vielleicht hätte sie sie am Kra-

gen gepackt. Im vierten Stock klopft die Putzfrau an eine Tür. Sie öffnet sie und stößt Uli und Rike hinein. «Hier sind zwei Kinder, die was wollen!»
Uli und Rike stehen in der Tür. Sie laufen rot an wie Tomaten.
Die Lehrerinnen und Lehrer sitzen an einem langen Tisch. Jetzt gucken sie hoch. Jemand fragt: «Und was möchtet ihr?»
Die beiden Freundinnen stehen wie angeschraubt. Sie bringen kein Wort heraus.
Schließlich sagt ein Lehrer, vielleicht sogar der Direktor:
«Ihr seid doch aus Frau Müllers Klasse, nicht? Die die Kleinen hat? Sie ist krank. Sollen wir einen Gruß ausrichten? Da wird sie sich sicherlich freuen!»
Jetzt ist Rike die Mutige. «Ja bitte», haucht sie.
Als sie gefragt werden wie sie heißen, und warum sie denn morgens nicht in

der Schule waren, drehen sie sich um und laufen davon. Sie rutschen am Treppengeländer herunter bis zum ersten Stock, wo die Putzfrau noch immer putzt.
Sie guckt jetzt ganz freundlich: «Na, hat's geklappt?»
Uli und Rike hetzen an ihr vorbei.
Im Hof spielen jetzt große Jungen Fußball. Die Mädchen geraten ihnen zwischen die Beine.
«Ihr dummen Gänse!» schreit einer. «Was fällt euch denn ein?»
Es ist Ulis Bruder. Er steht im Tor. Vierzehn Jahre alt. Uli keucht: «Wenn der uns verpetzt!»
Rike rennt und Uli rennt hinterher. Sie laufen und laufen, bis sie zu Hause vor verschlossener Tür stehen. Den Schlüssel vom Boden haben sie wieder hingehängt, aber an einen Hausschlüssel haben sie nicht gedacht. Sie klingeln. Niemand macht auf.

Bei Rike daheim ist auch keiner da.
Sie spielen im Garten, bis beide Mütter gelaufen kommen. Furchtbar aufgeregt sind sie, denn sie haben in allen Straßen gesucht.
Jetzt wollten sie gerade die Polizei anrufen.
«Warum?» fragt Uli erstaunt. «Bloß weil wir schon mal in der Schule waren?»

Kranksein ist nicht nur schlimm

Uli ist krank. Ach je, ach je! Mit allem was so dazu gehört. Mit Schnupfen und Husten und Halsweh und Fieber, ziemlich hohem sogar. Uli liegt ganz fest im Bett. Das gefällt ihr natürlich nicht. Und es gefällt ihr doch. Ihr gefällt nicht, daß sie nicht spielen kann und daß das Essen ihr gar nicht schmeckt. Das Schlucken tut ihr so weh. Und daß Rike nicht zu ihr darf, weil sie sich nicht anstecken soll, das gefällt ihr überhaupt nicht. Doch ihr gefällt, daß sie die Hauptperson ist und alle so schön besorgt um sie sind, sogar die Brüder.
Die Mutter geht fast gar nicht mehr aus, wenn sie nicht muß. Rikes Mutter kauft für sie ein.
«Mein Kleines», sagt die Mutter und:

«Mein Liebes», und: «Wie geht's dir denn nur?»
Uli ächzt: «Schlecht.» Weil die Muttter dann noch länger im Zimmer bleibt und die Bettdecke zweimal feststeckt oder ihr noch mal Orangensaft bringt. Und sie liest ihr ganz lange Geschichten vor.
Die Brüder winken durch die Tür. Der Vater denkt sich dauernd Überraschungen aus, die er seinem «Knackwürstchen» auf die Bettdecke legt. Nur, daß Uli nicht wie ein Knackwürstchen aussieht im Moment. Sie ist richtig blaß und die Backen sind dünn. Der Vater bringt immer etwas, was sie nur in der Hand zu halten braucht. Ein kleines Tier, ein Püppchen, ein Bild. Am meisten freut sie sich über die Glaskugel, in der es schneit, wenn man sie schüttelt. Es schneit auf Häuser, Tiere und Kinder, die Schlitten fahren. Uli gefällt das besonders, weil ja draußen fast schon Sommer ist. Uli kann sich von der Glaskugel gar nicht mehr trennen.

Sie hat sich an ihr Kranksein fast schon gewöhnt.
Aber keine Krankheit dauert ja ewig, zum Glück. Eines Tages ist Uli wieder gesund. Noch nicht ganz, aber zu dreiviertel bestimmt. Die Mutter merkt es daran, daß das Fieber endlich gefallen ist und Uli es nicht mehr im Bett aushalten kann. Und daß sie plötzlich noch zweimal Suppe und dreimal Pudding verlangt. Uli merkt es daran, daß die Mutter plötzlich gar nicht mehr so viel Zeit für sie hat, und der Vater mit Mitbringseln sparsamer wird. Eines Tages sagt die Mutter sogar:
«Also wie sieht's bei dir denn nur wieder aus! Diese Unordnung! Fühlst du dich denn wohl, wenn alles derart durcheinander ist?»
«Jaaaa», schreit Uli. «Erst recht! Furchtbar wohl!» Sie steht breitbeinig da, im Schlafanzug mit Morgenrock.
Sie hört gar nicht mehr auf zu schreien.

Nun lacht die Mutter auch noch. «Jetzt bist du wirklich gesund!»
Das mag Uli aber nicht hören.
«Nein», schreit sie. «Stimmt nicht, was du da sagst. Ich bin immer noch krank. Furchtbar krank. Ich bin die Krankeste von der Welt!»
Sie hält die Mutter am Rock. Plötzlich schluchzt sie: «Mami, bleib doch. Spiel doch mit mir. Oder lies mir was vor!»
Doch die Mutter befreit sich. «Jetzt nicht, Liebling. Ich kann nicht. Wirklich nicht. Ich habe zu tun, das weißt du doch!»
Die Mutter muß nachholen, was sie versäumt hat die ganze Zeit.
Uli plärrt: «Was hast du denn überhaupt versäumt?»
Dabei weiß sie es. Sie weiß genau, daß die Mutter Geschäftspost für den Vater erledigt, der damit eine Bürokraft spart. Manchmal tippt die Mutter den halben Tag. Jetzt liegt der Schreibtisch voll.
Uli ist allein und schimpft vor sich hin.

Und plötzlich tut sie etwas, was sie nicht soll. Sie reißt ein Fenster ganz weit auf. Kaltnasse Luft strömt herein.
«Wenn du das tust», haben Vater und Mutter schon einmal gewarnt, «mußt du mit einem Rückfall rechnen. Dann bist du kränker als zuvor!»
Und genau das ist es, was sie plötzlich will: Sie will von neuem krank werden.

Sie schluchzt vor sich hin: «Wenn alle so gemein zu mir sind!» Ob das stimmt, weiß sie aber nicht so recht.
Uli guckt auf die Straße hinunter, ob da nicht irgendwas passiert. Plötzlich fährt sie zusammen.
«Rike», schreit sie. «Rike, Rike!»
Ihre liebe Freundin, die sie so lang nicht mehr gesehen hat, steht unten am Haus.
Rike guckt hoch. Sie winkt genauso heftig. «Uli! Bist du wieder gesund? Kann ich zu dir kommen?»
Der Arzt hat gesagt, daß es wieder erlaubt ist, weil Uli nun ja keinen mehr anstecken kann.
«Ja», schreit Uli. «Das stimmt. Das stimmt. Komm schnell, Rike komm!»
Das Fenster ist zugeknallt, ehe die Mutter – mit Rike – ins Zimmer tritt.
Die Mutter spielt betrübt: «Ja was machen wir denn jetzt eigentlich? Schade, daß du noch krank bist, nicht? Rike wäre sonst so gern zum Spielen geblieben!»

Uli hüpft wie ein Floh. Sie hampelt wie ein Hampelmann. Sie rollt auf der Erde wie ein Ball.
«War ja bloß Spaß. Habe ich ja überhaupt nicht gemeint. Ich bin ganz gesund. Ich bin die Gesundeste von der Welt!»
«Nun, wenn es so ist», sagt die Mutter, «werde ich euch beiden erst mal ein Schüsselchen Obstsalat bringen!»
Dann packt Rike ihre Überraschungen aus. Eine Tüte Plätzchen, die ihre Mutter gebacken hat und ein Malbuch mit ganz neuen Kreidestiften.
Uli und Rike spielen, ohne sich nur ein bißchen zu zanken. Sie haben lange nicht so schön miteinander gespielt.
Als der Vater nach Hause kommt, nickt Uli ihm freundlich zu. «Hallo, Papi!»
Nur Zeit – hat sie leider gar nicht für ihn.

Wie konnte das nur passieren!

Manchmal geht Uli zu Rike zum Spielen. Manchmal umgekehrt. Je nachdem. Ulis Eltern haben die größere Wohnung. Sie sind ja auch mehr Personen. In der Wohnung ist Toben eher erlaubt.
Dafür gibt's bei Rikes Eltern einen Garten hinter dem Reihenhaus. Keinen sehr großen, aber er reicht. Eine Sandkiste ist schon lange da. Nun aber hat Rike zu ihrem letzten Geburtstag auch noch eine Schaukel bekommen. Keine wackelige Kleinkinderschaukel, sondern ein festes Gerüst mit zwei Schaukeln und Ringen. Der Vater hat es ganz tief in die Erde gebohrt. Seitdem betteln beide viel seltener, ob sie zum Spielplatz in die Anlagen dürfen.
Wenn es heiß ist, bläst Rikes Vater auch

noch ein Planschbecken auf. Uli und Rike dürfen mit dem Schlauch das Wasser einfüllen. Den Schlauch reißen sie sich gern aus der Hand, um sich gegenseitig naß zu spritzen. Rikes Mutter sieht das nicht gern. Sie hat Angst, daß das Baby auf der Terrasse was abbekommt, und meint etwas besorgt:
«Euch zwei Großen muß ich das doch eigentlich gar nicht sagen!»
«Bei dir», sagt Uli zu Rike, «sind wir immer groß, weil du bloß die winzige Schwester hast!» Bei Uli ist es umgekehrt, weil es da nur die großen Brüder gibt. «Ja», sagt Rike, «dabei sind wir doch immer die gleichen, nicht?»
Uli hätte gern Rikes kleine Schwester gegen ihre großen Brüder getauscht. Denn das Baby wird immer niedlicher. Uli und Rike dürfen auch beim Baden und Wickeln helfen.
«Und später», verspricht Rikes Mutter bereits, «dürft ihr ihr auch mal das

Fläschchen geben!» Jetzt kriegt sie noch die Milch aus der Brust.
Uli ist froh, daß sie wenigstens Rike hat als Freundin-Schwester. Dabei sollte sie sich eines abgewöhnen, nämlich daß sie immer bestimmen will. Streit gibt es deswegen nicht oft, denn Rike gibt nach. Die liebe Rike. Aber manchmal geht die Sache trotzdem schief. Und von so einer wird jetzt erzählt. Das ist kein Petzen. Es war einfach so.
Beide haben in der Sandkiste Bäcker gespielt. Uli hatte neue Formen bekommen und mitgebracht. Zwei Bretter waren schon mit vielen Kuchen und Brot belegt. Rike streute noch ganz fein gesiebten Sand als Zucker darüber. Nun sollte das Verkaufen beginnen. Aber Uli fiel ein, daß immer nur Bäckersachen kaufen oder verkaufen, langweilig sei. Sie forderte Rike auf, noch Blätter zu pflücken. «Das kann dann Spinat und Salat sein oder so was!»

Sie selbst sorgte noch für Kartoffeln, Milch, Butter und allerlei anderes. Darauf war sie Frau Meier wie die echte, die es gleich um die Ecke mit einem ganz kleinen Laden gab. Bis zum Supermarkt oder gar in die Stadt war es von dem kleinen Vorort noch weit.
Rike kaufte ein. Sie hatte ein Kind im Wa-

gen dabei, das immerfort um Süßes bettelte. Eine Puppe natürlich.
«Nein», sagte Rike, die Puppenmutter: «Nichts gibt's. Immer das Geschleckere. Das süße Zeug ist ganz ungesund!»
Danach verlangte sie zwanzig Pfund Quark, worauf Frau Meier sich schieflachen wollte.
«Zwanzig Pfund? Ich glaube, liebe Dame, Sie spinnen! Was wollen Sie denn mit zwanzig Pfund anfangen? Sie wollen wohl selbst eine Quarkfrau werden? Nur noch aus Quark!»
Rike, die sich Frau Griebler nannte, fand das nicht komisch. Diesmal überhaupt nicht. Sie wehrte sich.
«Wissen Sie, was Sie sind Frau Meier? Eine ganz blöde Bonbonfrau, die heimlich immer nur Bonbons lutscht!»
Das traf auf Rike, wohl auch auf Uli, aber auf die echte Frau Meier bestimmt nicht zu. Die Freundinnen wären sich fast in die Haare geraten, als Rikes Mutter mit

den leckersten Brötchen erschien. Und Limo hatte sie auch dabei.
Nach dem Schmaus wollte Rike Frau Meier sein. Aber Uli streckte die Beine von sich. «Ich hab keine Lust mehr. Immer das gleiche ist doof! Jetzt schaukeln wir.»
Uli war bereits in den Ringen. Sie brachte es fertig, sich hinzustellen, obwohl sie die Beine nur mit aller Kraft zusammenhalten konnte. Rike zog sich zum Sitzen aufs Schaukelbrett. Aber Uli schrie: «Sitzen gilt nicht, weil wir jetzt Wettschaukeln machen, wer am höchsten kann!»
Rike folgte und stieß ab. Beide stießen sich ab.
«Vor und zurück. Vor und zurück!»
Rikes Mutter rief jetzt aus dem Fenster. «Halt ihr beiden. Nicht so hoch!»
Rike genügte es auch bereits, aber sie wollte nicht immer Verlierer sein. Nicht jedesmal.

Und jetzt schrie Uli auch schon. «Ätsche, bätsche, Sieger, Sieger! Ich bin über dir! Dabei geht's mit Ringen viel schwieriger!»
Und dann kam die Mutter in den Garten gestürzt, weil Rike schrie. Sie schrie wie am Spieß, denn sie war von der Schaukel gefallen. Das Blut tropfte ihr von der Stirn. Arme und Beine waren aufgeschlagen. Zum Glück wohnte ein Arzt gleich nebenan, der die Wunden reinigte und verband. Es sei ein Glück, sagte er, daß Rike sich nichts gebrochen habe. Aber sie solle ein paar Tage liegen, falls es doch eine Gehirnerschütterung war. Da mußte man vorsichtig sein. Rike schluchzte nur noch. Rikes Mutter auch. Uli sah gar keiner an. Sie stand mit zuckenden Lippen dabei. Ganz weiß im Gesicht.
Der Arzt sagte, das hätte ein richtiges Unglück geben können. Uli fühlte sich schuldig.
Verriet Rike sie? Sie sagte kein Wort, die

liebe Rike. Uli saß am Nachmittag an Rikes Bett. Das durfte sie, weil es Rike schon besser ging. Und Von-der-Schaukel-Fallen ist ja keine ansteckende Krankheit.
Uli saß ganz still. Sie hatte ihr kostbarstes Bilderbuch mitgebracht. Als Geschenk. Nach einer Weile sagte sie: «Dabei wärest du diesmal Sieger geworden. Ganz bestimmt. Ich hab's von mir nur so gesagt, weil ich eigentlich gar nicht mehr konnte, und du schon beinahe gleich hoch warst!»
«Echt?» fragte Rike. Sie lächelte jetzt.
Uli nickte heftig.
Später meinte Rikes Mutter, ob denn Siegen eigentlich so wichtig sei. «Spaß kann man doch auch haben, wenn man nicht der Höchste ist ...»
Das ist eine Sache, über die man nachdenken sollte.

Ein Regentag

Es regnet und regnet und regnet schon den dritten Tag. Und am vierten Tag immer noch. Ulis Mutter muß trotzdem in die Stadt.
Sie guckt noch mal bei Uli herein.
«Also mein Schatz, sei brav! Ich bin zum Mittagessen zurück!»
Aber da hängt Uli ihr schon am Arm.
«Nimm mich doch mit, Mami. Nimm mich doch mit!»
Die Mutter seufzt. Es scheint, daß sie so was befürchtet hat. «Muß das denn sein?»
«Jaaa», schreit Uli. «Es muß, es muß! Ich spanne dann endlich mal meinen Regenschirm auf!» Es ist ein knallroter mit Bildern. Uli hat ihn von ihrer Patentante bekommen.

Doch damit nicht genug. Uli bettelt: «Rike kann aber auch mit, nicht?»
Die Mutter ist schon ungeduldig, weil sie es so eilig hat. Als sie gerade Nein sagen will, steht Rike bereits vor der Tür. In einem rosa Regenmantel. Darauf schlüpft Uli sogleich in ihren hellblauen. Beide begucken sich im Spiegel im Flur.
«Man sieht richtig, daß wir Freundinnen sind!» Der rote Schirm bleibt zu Hause. Uli sagt: «Weil Rike unter den nicht mit drunter kann!»
Die Freundinnen halten sich fest an der Hand. In der S-Bahn vor allem, wo Kleine so leicht umpurzeln können. Die S-Bahn ist ziemlich voll.
Eine Frau sagt: «Na ihr Heinzelmännchen!»
Wegen der spitzen Kapuzen sagt sie es. Uli und Rike kichern. Sie kichern noch als sie ausgestiegen und schon auf der Rolltreppe sind. Die Mutter geht gleich hinter ihnen. Sie mahnt:

«Keinen Unsinn machen! Paßt bitte auf!» Ulis großer Bruder Thomas hat nämlich einmal gar nicht aufgepaßt, als er dreizehn war. Schlimmer: er ist auf der Rolltreppe rückwärts gelaufen. Aber dann ist er gefallen und auf alle möglichen Leute gestürzt, bis einer auf den Knopf gedrückt hat und die Treppe anhielt. Ein Mann mußte gleich ins Krankenhaus mit gebrochenem Arm. Da hatten Ulis Eltern ziemlich viel Ärger und Thomas selbst auch. Uli und Rike könnte dergleichen freilich nicht passieren. Sie wissen Bescheid. Ihnen käme es nicht in den Sinn, auf einer Rolltreppe rückwärts zu gehen.
Uli sagt: «Weil wir Mädchen sind. Mädchen machen so was Blödes nicht!»
Sie sind im Kaufhaus, im fünften Stock.
Die Mutter sagt: «Ich muß zuerst in die Eßwarenabteilung!»
Uli fragt: «Gibt's da ein Eis?»
«Bei dem Wetter?» Die Mutter schüttelt den Kopf.

«Aber dann einen Lolli, oder wenigstens Gummibärchen. Oder irgend so was!»
«Nichts», sagt die Mutter. «Einfach mal nichts. Versteht ihr mich!» Sie betrachtet ihren Einkaufszettel.
Uli schiebt ihre Zunge ein bißchen vor. Aber so, daß sie sie schnell wieder einziehen kann, wenn die Mutter guckt. Dann bleibt sie stehen und hält auch Rike fest.
«Meine Mutter hat richtig schlechte Laune. Merkst du das? Und sie guckt sich überhaupt nicht nach uns um. Weißt du was?»
«Nein», sagt Rike.
«Das dauert immer ewig, bis sie bei den Eß-Sachen fertig ist. Und dann kriegt man nicht mal was. Richtig doof ist das. Komm. Wir gehen zu den Spielsachen inzwischen. Ich weiß wo die sind!»
«Und wenn sie uns sucht?»
«Sie denkt sich das schon, daß wir da sind.»

Doch die Spielwarenabteilung ist verlegt. Sie ist nicht mehr im gleichen Stock. Sie ist ganz oben unter dem Dach. Uli und Rike schlüpfen mit in den Fahrstuhl hinein. Im letzten Stock sind sie die letzten. Der Fahrstuhlführer guckt mißtrauisch. «Seid ihr denn allein?»
«Nein», sagt Uli und guckt ziemlich frech, so als wolle sie sagen: «Meine Mutter wartet natürlich auf uns!»
Der Fahrstuhlführer guckt ihnen nach.
In der Spielwarenabteilung bleibt beiden der Mund offen stehen. Eine Puppenausstellung ist aufgebaut. Von ganz alten bis zu neuen modernen Puppen. Rike flüstert: «Ich glaube, das sind tausend oder noch mehr vielleicht!»
Puppen als Mütter und Großmütter verkleidet. Babypuppen, Kinderpuppen, Erwachsenenpuppen. Puppen, die schlafen, essen, Mama schreien, in die Windel machen oder aufs Töpfchen gehen. Puppen, die sich auf einem Spielplatz tum-

6

meln mit Rutschbahnen und Karussells. Manche haben einen Tornister auf dem Rücken, als ob sie zur Schule gingen. Uli ächzt: «Alles wie echt, findest du nicht?» Rike nickt und will dann wissen, welche Puppe Uli am besten gefällt. «Wenn du dir eine aussuchen könntest, welche dann?» Sie selbst möchte eine, die genau solche Locken wie Uli hat.
Plötzlich zucken beide zusammen. Aus dem Lautsprecher kommt eine Durchsage: «Achtung! Achtung! Gesucht werden zwei sechsjährige Mädchen, die sich wahrscheinlich verlaufen haben. Ulrike Sommer und Ulrike Klein. Sie tragen einen rosa und einen hellblauen Regenmantel. Die Mutter wartet in der Information!»
Uli fallen die Augen fast aus dem Kopf vor Schreck. Sie rutscht unter den Tisch, an dem sie steht, wo sie sich ihren Regenmantel herunterreißt. Sie zieht Rike

nach. «Los! Du auch. Sonst merken sie ja gleich, daß wir das sind!»
Aber als sie wieder hervorkommen, kriegt der Fahrstuhlführer sie auch schon am Schopf, vor den Verkäuferinnen. Er sagt nichts anderes als: «Dachte ich es mir doch!»
Er läßt Uli und Rike nicht von der Hand. Auch nicht als sie nach ihren Regenmänteln schreien. Uli schluchzt: «Wir wären doch von allein wiedergekommen!»
Auf der Heimfahrt sagt die Mutter kein Wort. Sie ist immer noch ganz blaß. Zu aller Sorge, hat sie nichts erledigen können. Rike weint leise vor sich hin.
Nur Uli bockt. Sie bläst sogar ihre Backen auf. «Wir haben doch gar nichts Böses gemacht! Oder hast du gedacht, wir wären gestohlen worden?»
«Vielleicht», sagt die Mutter, «fällt's dir noch ein!»

Die Sache mit den Zähnen

Es gibt Kinder, die ihre Zähne schon zeitig verlieren.
«Echt», erzählt Uli beim Mittagessen. «Das weiß ich genau. Die Sybille, mit der ich im Kindergarten war, die war schon mit fünf vorn im Mund ganz nackt!»
Der Vater lacht. Er streicht seiner Jüngsten über den Kopf. «Keine Sorge. Ihr kommt auch noch dran!»
Rike geht es nämlich genauso wie ihr. Das ist ein Glück. Rikes Eltern sind sogar froh. Sie sagen, daß die neuen Zähne dann viel kräftiger sind, wenn es länger dauert bis sie kommen.
Uli und Rike begreifen nicht, wieso es überhaupt neue Zähne gibt. Es könnten doch gleich die richtigen sein, von Anfang an.

Uli macht Faxen. «Oder brechen vielleicht die Ohren ab? Und auf einmal wachsen neue nach? Oder die Nase? Oder die Augen fallen raus?»

Die Freundinnen sind einer Meinung und sie haben auch eine Angst: Daß sie in die Schule kommen und die anderen Kinder sie auslachen könnten: Ihr habt ja noch eure Babyzähne!
Wackelt denn wirklich noch keiner? Kein einziger? Sie gucken in den Spiegel und fahren sich im Mund herum.
«Aber wenn einer abbricht», will Rike wissen, «tut das dann weh?»
Uli glaubt nicht, denn Thomas, der Rolltreppenbruder hat ihr erzählt, daß das überhaupt keine Sache wäre. Bei manchen Kindern schwimmt ein Zahn plötzlich in der Suppe herum oder steckt im Brot. Und sie haben überhaupt nichts gemerkt.
«Dann könnten sie ihn ja verschlucken», meint Rike.
«Wenn einer nicht richtig kaut», sagt Uli. «Sonst merkt er es schon!»
Uli und Rike sind froh, daß die nächsten Zähne dann für immer bleiben. Bis je-

mand ganz alt ißt, jedenfalls. Oder, wenn einer dauernd Süßes ißt, dann gehen sie schon eher kaputt oder fallen raus. Das ist eine Sache für sich, und zwar eine traurige, wo Süßes doch so wunderbar schmeckt. Manches im Leben ist schwer zu verstehen.
Es vergeht kein Tag, an dem Uli und Rike nicht von ihren Zähnen sprechen. Die Großen können es schon gar nicht mehr hören. Plötzlich kann Rike den ersten, einen unten, ganz leicht hin und her bewegen. Sie stürzt Uli entgegen. Sie jauchzt beinahe: «Bei mir wackelt einer! Er wakkelt schon!»
Uli steht steif wie gelähmt: Bei ihr wakkelt nichts.
Und dann am nächsten Tag, einem Sonntag dazu, ist es auch schon passiert: Rike weist strahlend die winzige Lücke vor.
«Und der Zahn?» fragt Uli. «Wo ist der?»
«Den hebt sich meine Mama in einer beinahe goldenen Schachtel auf!»

Rike ist Sieger. Rike strahlt. Uli hat Lokken. Uli ist viel größer als sie. Uli hat zwei Monate eher Geburtstag. Wenn sie sieben ist, muß Rike aushalten, noch zwei Monate lang erst sechs zu sein. In allem ist Uli vorraus. Aber Rike hat als erste den ersten Zahn verloren. Und das wiegt schwer.
Uli findet das auch. Sie würgt an ihren Tränen.
Und später als sie zusammen spielen, muß Rike auch das noch sagen: «Mich lacht jetzt wenigstens keiner mehr aus!» Sie meint, wenn sie zur Schule geht. Es paßt nicht zu Rike, daß sie das sagt. Aber jetzt ist es heraus.
Aber mich, denkt Uli, mich lachen sie aus. Sie nimmt sich vor, daß sie nicht zur Schule gehen wird, wenn sich bis dahin nichts geändert hat. Sie wird dann den Eltern einfach erzählen, daß sie Bauchweh und Kopfweh hat. Oder irgend so was. Oder – es muß was geschehen,

was anderes, daß die blöden Zähne sich endlich besinnen.
Uli spricht mit ihnen. «Ist es in meinem Mund denn so schön? Macht, daß ihr rauskommt, sonst setzt's mal was!» Uli beklopft sie mit einem Spielhämmerchen und sie beißt in Äpfel, daß es kracht. Aber kein Zahn rührt sich. Kein einziger.
Nach dem Nachtgebet, das Uli mit der Mutter oder dem Vater oder beiden spricht, fängt sie unter der Decke noch einmal an.
«Lieber Gott, bitte. Mach doch, daß mir endlich, endlich ein Zahn rausfällt!»
Hat er nicht zugehört? Oder soll Uli irgendeine Probe bestehen? Denn schon hat Rike – es ist kaum zu glauben – die zweite Zahnlücke. Diesmal nicht mit so viel Trarara, weil sie Uli wirklich nicht ärgern will. «Wenn mich einer fragt», sagt Uli jetzt, «sage ich einfach, meine wären schon die richtigen!»

Dann aber in der Nacht, als sie plötzlich aufwacht, fällt ihr etwas ein: Die Großen sagen doch dauernd, daß einer seine Zähne verliert, wenn er zu viel Süßes lutscht. Wahrscheinlich hat Uli zu wenig gegessen, und deswegen halten sie so lange. Das also hat sie nun davon!
Uli beschließt, das zu ändern und fängt in der gleichen Nacht damit an. Sie weiß genau wo der Zucker im Speiseschrank steht. Sie hat zwei Eßlöffel dabei, mit denen sie abwechselnd in die Dose fährt. Daß schon der dritte Löffel nicht gut und der vierte einfach grauslich schmeckt, stört sie nicht. Als ihr übel wird, schüttet sie Wasser hinterher. Zwei ganz große Gläser voll. Dann schlüpft sie ins Bett zurück.
Am nächsten Tag wundert sich die Mutter, daß Uli einfach nicht aufwachen will. Sie schläft wie ein Bär und ihre Bettdecke ist mit Zucker bestreut.
Aber die Mutter entdeckt noch etwas:

Ein winziges Zähnchen auf dem Kopfkissen. Die Mutter nimmt es vorsichtig auf und betrachtet es liebevoll. Ulis erster Zahn!

Endlich blinzelt Uli und die Mutter streicht ihr über den Kopf. «Guck mal, was ich gefunden habe!»

Uli reißt ihre Augen auf. Sie springt im Schlafanzug im Zimmer umher. «Es hat geklappt! Es hat geklappt!»

Was geklappt hat, verrät sie nicht. Und wo der Zucker herkommt, kann sie sich überhaupt nicht erklären.

Aber ob es wirklich der Zucker war?

Egal. Uli ist furchtbar froh.

Quietschpulli

«Uli», sagt die Mutter. «Jetzt ist Schluß. Jetzt langt's. Ich habe genug. Ich will nichts mehr von diesen verrückten Dingern hören. Du kannst einen wirklich fertigmachen. Wahrscheinlich gibt es diese Quietschpullis überhaupt nicht!»
Uli brüllt los: «Gibt es doch! Gibt es doch! Frag Rikes Mutter. Die war ja dabei. Und Rike kriegt einen. Die schon. Bloß ich nie!»
Da ist es soweit, daß die Mutter Uli am liebsten auf den Mond schicken würde (für kurze Zeit), damit diese ewige Quengelei aufhört. Die Mutter sagt: «*Nie!* Wenn ich so was schon höre! Du kriegst viel zu viele Wünsche erfüllt!»
«Überhaupt nicht! Rike viel mehr!» Aber dann schwenkt sie um. Sie hängt der

Mutter am Hals. Sie fleht, als ob es ums Leben ginge. «Mami, wenn du mir den Quietschpulli kaufst, will ich ganz lange Zeit überhaupt nichts mehr. Auch zu Weihnachten und zum Geburtstag nicht!»
Die Mutter lacht. «Da möcht ich dich mal sehen!»
«Und ich helfe beim Abwasch und ich räume meine Sachen auf, ganz von allein, und ich will auch keinen Kaugummi mehr!»
Am Abend sagt Ulis Mutter zu ihrem Mann: «Deine Tochter ist ganz schön hartnäckig, wenn sie was will!»
«Meine?», lacht der Vater und läßt die Brille auf die Nase fallen. «Deine wohl nicht?»
Die Mutter ist ja so genervt! Sie ist bereits von einem Geschäft ins andere gelaufen, doch die Verkäuferinnen haben nur den Kopf geschüttelt: «Quietschpullis? Wie sollen die denn sein? Die führen wir nicht!»

Es sollte zwar eine Überraschung für Uli sein, aber nun darf Uli mit zum Einkaufen. «Erklär du es selbst!» fordert die Mutter Uli im Laden auf.
Uli tut es entzückt:
«Also ein Quietschpulli, der ist von hinten ganz normal. Nur, wenn ein Kind sich umdreht, dann ist vorn eine Mickymaus drauf. Und die quietscht eben, wenn man sie drückt!»
So einfach ist das, nur die Erwachsenen kapieren es nicht.
«Wo hast du so einen denn schon mal gesehen?» fragt die Verkäuferin.
Uli stöhnt: «Haach!» Das hat sie doch schon so oft gesagt: «Als ich mit Rike und ihrer Mutter beim Zahnarzt war. Da war so ein Kind!»
«Und warum habt ihr euch da nicht erkundigt, wenn ihr so versessen drauf seid? Man kann doch einfach fragen: ‹Mädchen, wo hast du den tollen Pulli denn her?›»

«Mami! Weil es überhaupt kein Mädchen war. Ein Junge doch bloß!»
«Den konntet ihr nicht fragen?»
«Doch. Aber die sagen dann meistens nichts. Oder werden frech. Und der war ja ganz fremd. Er hat immer nur mit dem Pulli gequietscht!»
Rike wünscht sich ebenfalls einen

Quietschpulli. Nur so schlimm wie Uli löchert sie ihre Mutter nicht.
Schließlich beschließen beide Mütter, daß sie ein T-Shirt mit einer Mickymaus kaufen wollen, um dann irgendein Quietschding darunterzunähen.
Als Uli das hört, stampft sie fest mit den Füßen auf. «Nein, Mami! Nein! So einen künstlichen doch nicht, der dann wie ein Busen aussieht. Der von dem Jungen war ganz flach!»
«Aus», sagt die Mutter. «Ich kann nicht mehr!»
Und dabei bleibt's. Aber Schuhe braucht Uli. Die braucht sie wirklich. Neue Sandalen. Denn in den alten muß sie bereits die Zehen einziehen, und sie soll ja gesunde Füße behalten. Aber schon geht es wieder los:
«Mami, ich möchte aber nur solche wie Rike sie hat. Solche roten mit blauen Punkten drauf!»
Rike hat sie von ihrer Oma bekommen.

Und diese Schuhe gibt es zum Glück gleich im ersten Geschäft. Uli hüpft neben der Mutter her.
«Nun nur noch eine Latzhose, Mami. Gar nichts mehr sonst!»
Die Mutter bleibt stehen. «Eine Latzhose? Du hast doch eine, die du nicht trägst. Sie hängt im Schrank, fast noch wie neu!»
Uli gibt es zu. «Aber sie ist rosa, und rosa sieht so babyhaft aus. Eine rote, die hätte ich gern. Oder lila vielleicht. Oder blau. Blaue und rote tragen auch größere Kinder!»
«Na gut», sagt die Mutter. Im Herbst sind Hosen sowieso praktischer, wenn Uli dann in die Schule geht. Sie darf die Farbe sogar wählen, und entscheidet sich für weinrot. Weinrot, meint jetzt auch die Verkäuferin, sieht bestimmt nicht babyhaft aus. Und sie fügt noch hinzu:
«Wie steht es denn mit einem Pulli? Da

haben wir gerade was ganz Neues hereinbekommen!»
Und nun fallen nicht nur Uli, sondern auch ihrer Mutter die Augen fast aus dem Kopf. Die Verkäuferin holt einen Packen Pullover vom Regal, die sie als Quietschpullis vorstellt.
«Die Kinder sind ganz begeistert», sagt sie.
Uli läuft so weinrot wie die eben erwählte Hose an.
Vor lauter Aufregung wird sie heiser:
«Darf ich mal drücken?» fragt sie. Und diese Mickymäuse quietschen noch viel herrlicher als bei dem Jungen.
Uli quetscht der Mutter die Hand so toll sie kann.
«Mami, kauf einen. Bitte ganz schnell. Ehe sie alle weggekauft sind! Nur zur Latzhose kann ich den nicht tragen, weil man dann ja die Mickymaus nicht mehr sieht und auch nicht richtig drauf drükken kann – unter dem Latz!»

«Hose *oder* Quietschpulli», sagt die Mutter. «Für beides reicht mein Geld nicht mehr!»
Uli nimmt den Pulli ans Herz. Die Wahl fällt nicht schwer. Eine Latzhose kann es ja später mal sein. Doch schon an der Tür, fällt der Mutter noch etwas ein.
«Ach bitte», sagt sie zu der netten Verkäuferin, «ich glaube, ich nehme noch einen. Die nächst kleinere Nummer. Mit Umtauschrecht!»
Jetzt bleibt Uli der Mund offen stehen. Die Mutter kauft noch einen Pulli, wo sie doch schon die Hose nicht wollte. Vielleicht soll sie noch einen haben, wenn der andere in der Wäsche ist? Aber wieso einen kleineren?
«Mami? Ich wachse doch höchstens. Ich schrumpfe doch nicht!»
«Nun», sagt die Mutter, «ich dachte wir bringen für Rike einen mit. Da ersparen wir ihrer Mutter den Weg. Oder gefällt dir das plötzlich nicht?»

Uli verfärbt sich und zieht auch noch ihre Lippen ein.
«Doch», sagt sie schließlich, «es gefällt mir schon. Ich hab nur gedacht, daß sie mich erst mal beneiden soll. Einen Tag wenigstens. Und dann kriegt sie ihn. Das geht doch, Mami. Oder etwa nicht?»
Die Mutter sieht Uli von der Seite an.
«Wenn du es so richtig findest, dann machen wir es so!»

Die Oma

Uli hat zwar Locken und alles mögliche andere, was Rike nicht hat, aber auch umgekehrt hat Rike Sachen, die Uli nicht hat. Vor allem hat Rike zwei Paar ganz richtige Großeltern, die dazu noch ziemlich in der Nähe wohnen. Uli hat nur eine einzige Oma, und die kennt sie nicht mal, weil sie so weit weg wohnt, in Amerika.
Uli fragt ihre Mutter:
«Warum kommt meine Oma eigentlich nie? Sie könnte doch mit dem Flugzeug fliegen.»
Ulis Mutter seufzt. «Sie möchte ja gern. Sie hat nur leider zu viel zu tun!»
«Was?» fragt Uli zum hundertstenmal. «Was hat sie zu tun?»
Rikes Omas haben gar nichts zu tun (glaubt Uli). Höchstens die Opas, die da-

zugehören. Jedenfalls kommen die Omas oft allein angereist, und sie bringen Rike immer etwas mit. Gelegentlich platzt Uli fast vor Neid. Deswegen hat sie sich alles mögliche ausgedacht, damit die eine Oma, die sie hat, die allerbesonderste ist. Eigentlich bewirtschaftet die Großmutter eine kleine Farm, und zwar ganz allein, seit der Großvater gestorben ist. Es helfen einige Leute, aber für die viele Arbeit, die sie selbst macht, findet sich keiner, wenn sie weg will. Und schon gar nicht für längere Zeit.
Uli hat schon im Kindergarten alles mögliche zusammenerzählt, zum Beispiel, daß ihre Oma Zirkusbesitzerin sei: Jeden Abend tritt sie mit ihren Tieren auf. Mit Elefanten, Giraffen und Känguruhs. Und sie selbst reitet auf einem ganz wilden Pferd, das dazwischen Handstand macht. Sie will Uli ein kleines eigenes ganz weißes Pferd zu Weihnachten schicken. Es kommt in einer Kiste an.

«Echt?» haben die Kinder gefragt. «Dürfen wir das dann sehen?»
Uli hat genickt. «Wenn der Stall fertig ist!»
Nicht mal Rike hat gesagt, daß sie es nicht glaubt.
Und wenn die Kiste nie ankommt, dann ist sie eben leider, leider ins Meer gefallen ... Uli hat sich eine richtige Phantasieoma ausgedacht.
Aber eines Tages geschieht es doch, daß Ulis einzige Oma sich auf den Weg zu ihr macht. Irgendwie hat sie es möglich gemacht, daß sich einer um die Tiere kümmert. Ulis Mutter ist auch ganz aufgeregt, weil es ja ihre Mutter ist, die sie so lange nicht gesehen hat.
Uli bleibt trotzdem bei ihrer Zirkusgeschichte. Tiere sind Tiere, ob sie nun in einem Zirkus auftreten oder auf einer Wiese tollen. Außerdem merkt ja keiner ob es stimmt. Denn die Tiere bringt sie bestimmt nicht mit.

Dann ist der Tag da, an dem Uli schon früh um sechs aus den Federn kriecht, um sich ihr schönstes Kleid anzuziehen. So schön wie sie sich die Oma vorstellt, so schön möchte sie selber auch aussehen. Die Mutter hat das ganze Haus mit Blumen geschmückt. Aus der Küche kommt Kuchenduft. Es ist fast wie zu Weihnnachten, obwohl Sommer ist. Ulis Großmutter kommt erst am späten Nachmittag an. Zum Glück ist Rike da, sonst würde die Zeit bis dahin überhaupt nicht vergehen.
Uli erzählt ihr, daß Amerika so weit weg ist wie der Himmel nach oben.
«Und so hoch fliegt meine Oma auch. Ganz über den Wolken auf die sie dann runterguckt. Stell dir das vor!»
Rike nickt. Sie weiß Bescheid. Sie ist selbst schon mit ihren Eltern geflogen. Nur sie gibt nicht so an.
Und dann ist es so weit. Uli darf die Mutter zum Flugplatz begleiten, wo sie

beide an den Himmel starren ob das Flugzeug nicht endlich kommt. Aber erst mal kommen nur falsche mit den falschen Leuten, weil das richtige Verspätung hat. Uli und ihre Mutter essen ein Eis. Endlich wird die Ankunft durch den Lautsprecher bekannt gegeben. Ulis Mutter springt auf. Sie hält einen Blumenstrauß in der Hand. Einen riesigen, zum Empfang. Für Uli hat sie einen etwas kleineren gekauft.

Dann rollt das Fluzeug die Rollbahn entlang. Der Mutter steigen Tränen in die Augen, als man die Leute aussteigen sieht. Uli wundert sich. Warum weint die Mutter? Jetzt ist die Oma doch da. Aber ihr eigenes Herz pocht auch so laut, daß sie es hören kann. Da kommt also ihre einzige Großmutter an, die sie nur von einem winzigen Bild her kennt, auf dem nicht viel zu erkennen ist. Uli sieht die Großmutter vor sich, wie sie sie erfunden hat: Zwar nicht mehr ganz jung, aber

wunderschön. Sie kommt bestimmt in einem silbernen Kleid mit einem prächtigen Kopfschmuck, wie Uli es vom Zirkus kennt. Vielleicht hat sie auch eine Peitsche in der Hand. Nein, die wohl nicht. Aber irgendwas tolles Glitzerndes.
Die Mutter winkt jetzt mit beiden Armen. Sie hat Ulis Hand losgelassen. Sie winkt mit dem riesigen Blumenstrauß. Uli macht es ihr nach mit dem kleinen. Aber wem winkt sie? Unter den Leuten, die jetzt anmarschiert kommen, ist niemand im Silberkleid dabei. Nur eine ganz kleine dünne Frau im dunklen Kostüm mit faltiger Haut, die die Mutter auf einmal umarmt. Sie lassen sich gar nicht los, die zwei. Uli steht wie ein Stock dabei. Sie hat keine Lust, dieser fremden Frau, die ihr nicht gefällt, einen Kuß zu geben. Kein bißchen. Jetzt fängt sie fast an zu weinen.
Daheim hat die Mutter schon vorge-

kocht. Ein Festmahl natürlich. Alle sind da. Die Brüder auch, die die Oma sogar umarmen. Uli sitzt der Großmutter gegenüber. Sie schlürft ihre Suppe und starrt sie an. Ur-uralt kommt sie ihr vor mit dem grauen trockenen Haar, das hinten am Kopf ganz eng geknotet ist. Zu allem scheint es, als hätte die Oma ihr nicht einmal etwas mitgebracht. Vielleicht, weil es im Flugzeug nur ein ganz kleiner leichter Koffer sein darf. Da geht natürlich nichts Großes rein.
Plötzlich lächelt die Großmutter. «Wir zwei», sagt sie, «müssen uns erst wieder kennenlernen!» Uli sieht, daß ihr zwei Zähne fehlen. Und jetzt platzt sie heraus: «Dir fehlen zwei und mir fehlen zwei. An derselben Stelle sogar!»
Es ist das erste, was sie sagt. Und die Oma ist gar nicht beleidigt. Sie lacht. Sie lacht richtig aus Spaß:
«Da siehst du, wie ähnlich wir uns sind!»
Jetzt lachen alle.

Nach dem Essen tut die Großmutter geheimnisvoll. Uli soll ihre Augen schließen und spürt etwas Kühles um ihren Hals. Als sie sie wieder aufmachen darf, läuft sie zum Spiegel. Die Großmutter hat ihr ein echt goldenes Kettchen mitgebracht, mit einem echt goldenen Herzchen daran, das sie selber als Kind getragen hat.
Uli jauchzt: «So eins habe ich mir schon immer gewünscht und nie gekriegt!»
Der Kuß für die Oma fällt plötzlich leicht.
Doch als Rike am nächsten Tag kommt, ganz zeitig schon, hätte Uli die Oma am liebsten versteckt.
Rike sagt: «Ich bin weggelaufen, weil ich so neugierig auf deine Oma bin!»
Und da kommt sie auch schon, wiederum ohne Silberkleid. Sie sagt, daß sie eine Frühaufsteherin sei. «Wenn man Tiere hat, muß man es sein!» Und dann erzählt sie von ihren Kühen und Schafen und ganz kleinen Lämmchen. Und von

Ziegen und Hühnern, die alle umeinander laufen. Nur die Pferde sind auf der Koppel, damit sie nicht gestohlen werden. Sie wissen alle, wo sie hingehören! Rike lauscht mit offenem Mund. Sie himmelt Ulis Oma regelrecht an. Ihr fällt gar nicht ein, nach dem Zirkus oder den Löwen zu fragen. Später sagt sie zu Uli: «Deine Oma ist toll. Die hätte ich am liebsten noch zu meinen dazu!»

Oma kriegt rote Fingernägel

Die Zeit vergeht schnell. Ulis Oma ist nun schon drei Wochen da. Fast die Hälfte der Zeit, die sie bleiben will. Und niemand hätte behaupten dürfen, daß Uli ihre Großmutter nicht mag. Dem wäre sie ins Gesicht gesprungen. Aber es sagt ja auch keiner. Uli kuschelt sich an die Großmutter an.

«Du könntest doch immer bei uns wohnen, wo dein Mann tot ist. Und meine Mami ist doch dein Kind!»

Die Großmutter streicht Uli über den Kopf. «Ich freue mich, daß du mich gern behalten willst. Es gefällt mir auch riesig gut bei euch. Aber ich bin inzwischen drüben zu Hause und alte Bäume verpflanzt man nicht, wie es heißt. Und meine Tiere brauchen mich auch!»

«Und wenn die sterben, was ist dann?»
Die Großmutter lacht, daß es wie hundert kleine Glöckchen klingt. «Für jedes das stirbt, wird ein neues geboren oder mehr sogar, solange ich sie versorgen kann!»
«Und wenn nicht mehr? Was ist dann?»
«Dann bin ich auch bald tot!»
Uli macht Kulleraugen. «Aber vorher besuchst du uns noch mal! Versprich es!»
«Oder», sagt die Großmutter jetzt, «ihr kommt mal alle zu mir. Ich werde schon bald anfangen zu sparen, weil die Reise für alle ja teuer ist.»
Uli nickt. «Das wäre toll. Das wünsche ich mir!»
Alle wünschen es sich. Es wäre ein Trost.
Uli will nicht, daß die Großmutter stirbt.
«Nie», sagt sie. «Oma, warum muß man eigentlich sterben?»
Die Großmutter denkt ein bißchen nach, damit sie die richtige Antwort gibt.
Schließlich sagt sie: «Vielleicht ist es ja so, als alter Mensch jedenfalls, daß man

gar nicht sterben muß, sondern will. Wie am Abend, wenn man müde ist. Da freut man sich auch auf sein Bett!»

«Ich nicht», sagt Uli. «Ich überhaupt nicht. Und da steht man ja auch wieder auf. Am nächsten Morgen doch meistens schon!»

«Beim Sterben erst recht», sagt die Großmutter. «Da wacht man im Himmel auf!»

So sprechen die zwei. Sie sprechen so wie sonst keiner mit Uli spricht.

Die Großmutter hat die Hände im Schoß. Hände, die jetzt auch mal Ferien haben. Braune rissige Hände mit ganz dicken Adern unter der Haut. Und breiten Nägeln, wo die Finger aufhören. Sie sind allerdings sauber geputzt. Ohne Trauerrand, wie Vater manchmal sagt, wenn Uli ihre vorzeigen soll. Die Hände der Großmutter sind Arbeitshände.

Uli sagt zur Mutter: «Aber du arbeitest

auch. Und deine sind ganz schön und glatt!»
«Ich bin jünger und hab nicht mit Tieren zu tun. Außerdem pflege ich sie, weil man in der Stadt eitler ist!»
«Aber jetzt ist die Oma doch in der Stadt hier bei uns. Da könnte sie sie doch auch pflegen!»
«Ich finde es wirklich nicht wichtig, Liebling.»
Uli findet es wichtig, weil die Oma auch sonst ganz verändert ist. Sie hat sich zwei wunderschöne Kleider gekauft. Eins gelb und eins blau gestreift mit ganz hübschen Krägen daran. Uli klatscht in die Hände, als die Großmutter so zum Essen kommt. Tags darauf geht die Mutter mit ihr zum Frisör. Und jetzt ist die Großmutter direkt hübsch, mit ganz weichem Haar, das ihr plötzlich über Stirn und Ohren fällt. Sie hat eine Dauerwelle bekommen.
Erst hat sie sich gewehrt. «Was soll denn

das bei so einer alten Frau wie mir? Meinen Tieren gefalle ich auch so!»
Da hat Ulis Mutter gesagt: «Du sollst aber auch uns gefallen – und dir selbst!»
«Ja, wenn's so ist?!» Die Großmutter hat sich im Spiegel beguckt. «Vielleicht habt ihr recht!»
Nur die Hände sind noch so wie sie waren. Darum denkt sich Uli mit Rike etwas aus. Sie denken sich aus, daß sie einfach Nägel *anmalen* spielen wollen. «Du machst doch mit Oma, oder nicht?»
Die Großmutter macht alles mit.
Sie bekommt ein Tuch auf den Schoß gelegt und streckt ihre beiden Hände aus. Eine nach rechts, eine nach links, weil es zwei Fräulein gibt in dem Geschäft.
Uli hat den Nagellack von der Mutter stibitzt.
«Paß doch auf, damit du nicht so viel verschmierst!» Rike macht es viel vorsichtiger.
Uli holt den Entferner, mit dem man Na-

gellack wieder runter kriegt. Dann fängt sie von vorne an. Sie vergißt das Spiel. Sie meint es ernst. Die Oma rührt sich nicht, bis sie fertig ist.

«So», sagt sie, «gefalle ich euch jetzt?»

Uli und Rike gucken sich an.

Rike ist ehrlich. «Nein», sagt sie. «Das sieht gar nicht schön aus!» Roter Lack paßt zu den Händen der Großmutter einfach nicht. Auch rosa und weißer nicht. Überhaupt kein Lack.

In dem Augenblick kommt Ulis Mutter dazu.

«Nanu», sagt sie. «Was geht denn hier vor?»

«Nichts», sagt die Oma, «was ich nicht selber will!»

«Und das willst du, mit solchen Händen rumlaufen?»

Die Oma nickt heftig. «Warum denn nicht? Ihr habt gesagt, daß ich mir gefallen soll. Und ich muß sagen: Ich gefalle mir großartig. Aber leider – den beiden hier nicht!»

Jetzt laufen Uli und Rike röter als der rote Nagellack an. Die Großmutter hat es ganz ernst gesagt. Nur in den Augenwinkeln, da lacht sie plötzlich, deutlich zu sehen.

Uli und Rike sind froh als das Zeug wieder abgewischt ist.

«Oma», sagt Uli am nächsten Tag, «weißt du was? Ich hab deine Hände richtig lieb, auf einmal!»

Dazu sagt die Großmutter nichts.

Die Wunschbank

«Heute ist Sonntag und so ein richtig schönes Wetter», sagt die Mutter am Frühstückstisch. Sie gießt dem Vater den Kaffee ein. Ulis Brüder kommen nur langsam angetrödelt. Sie müssen in der Woche so früh aufstehen. Uli sitzt neben der Oma. Ganz eng sitzen die beiden zusammen. «Ich schlage vor», sagt Ulis Mutter, «daß wir einen Ausflug machen!» Der Vater hat auch Lust. «Warum nicht?» Ulis Brüder haben wie meistens etwas anderes vor. Fußball und mit Freunden zusammensein. Das dürfen sie auch. Sie sind ja schon groß. Die Oma ist bei allem dabei, und Uli klatscht in die Hände: «O ja, wenn ich meinen Rucksack mitnehmen kann und Rike mitkommt!» Den Rucksack, einen knallroten, hat ihr

die Oma gekauft. Das geht klar. Aber was Rike betrifft, sagt die Mutter: «Ich habe Rike sehr gern. Kann es aber nicht einmal ohne sie sein?»
Aber Rike kann sowieso nicht an dem Tag. Oder – sie soll auch mal allein mit den Eltern sein. Rikes Vater ist in der Woche viel unterwegs. Da will er am Sonntag von seiner Tochter was haben, sagt er.
«Na siehst du», sagt Ulis Mutter nur.
Ulis Vater fährt mit dem Auto aus dem Vorort heraus bis zum Waldrand, wo der Märchenpark ist. Aber er ist geschlossen wegen plötzlicher Reparaturen. Also kein Knusperhäuschen bestaunen, kein Rotkäppchen und der Wolf, keine Rutschbahn und kein Mit-der-Kindereisenbahn-Fahren, wie die Eltern versprochen hatten. Die Oma war auch schon gespannt. Das ist das erste was Uli zum Maulen bringt.
Als alle marschieren, rutscht ihre Hand aus der des Vaters heraus.

«Überhaupt kein schöner Sonntag ist das, wenn man gar keine Freude hat. Es ist der scheußlichste Sonntag, den es gibt!»
Der Vater lacht. Er nimmt Uli nicht ernst. Die Mutter geht mit ihrer Mutter vorraus. Sie unterhalten sich. Alle bewundern den schönen Wald, den blauen Himmel und auf den Wiesen die bunten Blumen. «Ein richtiges Farbkonzert», sagt die Mutter. «Hier scheint die Welt noch in Ordnung zu sein!»
Aber Uli schreit: «Überhaupt nicht, wenn ihr so seid!» Und dann: «Blätter und Blumen machen doch kein Konzert. Manchmal redet ihr richtigen Quatsch!»
Jetzt spricht gar keiner mehr mit ihr. Das hat sie davon. Oder die Eltern, wie man's nimmt. Uli bleibt zurück.
Endlich wendet sich die Mutter um. «Was ist denn? Warum trödelst du so?»
Uli schreit: «Ich habe gar keine Lust auf euren Weg. Der ist richtig doof!»

«Aber wir haben Lust», sagt die Mutter jetzt. «Und wer hier doof ist, überleg dir mal. Es geht nicht immer nach deinem Kopf!»
Der Vater macht Späße. Er brummt wie ein Bär, dann guckt er sich um, wo der wohl steckt. Uli soll lachen und dann gern mitgehen. Doch sie lacht nicht. Extra nicht. «Wenn ihr alle immer so bös mit mir seid!»
Jetzt gehen Vater und Mutter Hand in Hand. Sie lassen sich nicht die Laune verderben. Dafür bleibt die Oma zurück. «Ihr geht mir ein bißchen zu schnell», sagt sie.
Uli geht noch langsamer. Aber schließlich holt sie die Großmutter ein. Dann gehen sie zusammen. Zwei und zwei paßt ja auch besser als drei und einer allein.
Der Weg wird steiler. Uli zieht die Oma. «Ich bin dein Pferd!» Als sie kein Pferd mehr ist und wieder nörgelt: «Wann sind wir denn eigentlich da? Das hält man ja

gar nicht mehr aus, so weit!», fällt der Oma was ein:
«Ich bin richtig gespannt», sagt sie, «ob es die Wunschbank noch gibt, beim Kaiserblick!» Denn der Kaiserblick ist das Ziel, hat der Vater gesagt.
Uli sieht die Oma von der Seite an. «Eine Wunschbank? Was soll denn das sein? Eine Bank, die sich was wünscht? Daß sich einer auf sie drauf setzen soll, damit es nicht mehr so langweilig ist?»
Uli lacht über den Witz. Die Großmutter auch. Aber die Sache ist umgekehrt und sie stimmt. Wer fröhlich gewandert ist und die Bank berührt, darf sich was wünschen. So ist das gemeint.
«Echt Oma? Was dann auch in Erfüllung geht? Woher weißt du denn das?»
Nun die Großmutter weiß manches, was eben nur Großmütter wissen. Das hat Uli schon mehrfach erfahren. Plötzlich laufen ihre Beine wie von allein. Aber sie will noch einiges wissen. Ob sich da jeder

was wünschen kann. Auch Rike, das nächste Mal?
«Auch du, Oma? Und die Eltern? Sind sie deshalb vorraus gerannt?»
«Könnte sein», sagt die Oma, «könnte durchaus sein.»
Uli sagt: «Ich bin froh, daß ich so fröhlich wandere, nicht?» Dann gerät sie freilich ins Schwitzen und nicht nur weil sie jetzt schneller läuft. Da es nur ein Wunsch sein darf, muß sie schließlich wissen, was sie will. Den Quietschpulli hat sie ja nun schon. Jetzt wünscht sie sich einen Schottenrock. Rike auch, wenn sie beide zur Schule gehen. Blau, gelb und grün, keine andere Farbe. Aber vielleicht könnte es auch ein Kaufmannsladen sein.
«Oma, aber einer, in dem ich stehen kann! Und eine Babypuppe zum Baden ...»
Kommt drauf an wie schnell der Wunsch in Erfüllung geht.
«Gleich, Oma? Schon dort auf der Bank? Oder erst später, zu Weihnachten?»

Die Oma meint, daß Weihnachten wahrscheinlicher sei. Wichtig ist, daß der Wunsch nur innen im Herzen gesagt werden darf. Nicht etwa laut. Und jetzt lichtet sich der Wald bereits und die Mutter winkt.
«Na ihr beiden? Habt ihr's geschafft?»
Der Vater guckt mit dem Fernstecher die Gegend ab ... Besonders den Kaiserberg. Deshalb heißt der Kaiserblick Kaiserblick, weil man auf den Kaiserberg blickt. Uli hat mehr Interesse für die Bank, über

die sie mit leisen Fingern streicht. Einen Augenblick schließt sie die Augen. Nur die Großmutter bemerkt, daß Uli die Lippen bewegt. Es sieht ein bißchen wie ‹Kaufmannsladen› aus. Die Großmutter sitzt bereits auf der Bank. Beide zwinkern sich zu.
Die Mutter bereitet das Picknick. Harte Eier und Kartoffelsalat und belegte Brote und Kuchen und Saft. Sie baut es auf einer Steinplatte auf. Die ist wie ein Tisch.
Uli sagt: «Schmatz», weil sie einen riesigen Hunger hat.
Die Oma meint, daß das vom Wandern kommt. Auf dem Heimweg hüpft Uli allen voran.
Sie kann nicht erwarten, Rike von der Wunschbank zu erzählen, wenn sie es keinem weiter sagt. Sonst laufen da ja zu viele hin.
Abends im Bett umarmt sie die Mutter.
«Mami, weißt du was? Kann sein, daß das mein schönster Sonntag im Leben war!»

Kuno von nebenan

Ulis Großmutter ist abgereist. Das gab Weinen und Zähneklappern. Aber sie wird jetzt oft schreiben, hat sie versprochen. Und alle wollen sparen, damit sie nach Amerika fahren können. Uli auch! Und das war das letzte, was die Großmutter sagte, ehe sie in ihr Flugzeug stieg: «Also! Auf fröhliches Wiedersehen!»
Uli wäre sich trotzdem und trotz Rike erst mal ganz einsam vorgekommen, wenn da nicht Kuno gewesen wäre.
Leider haben ihn Ulis und Rikes Mutter nicht so gern. Aber Uli und Rike hoffen, daß sich das ändern wird.
Kuno ist zwei Jahre älter als sie und ziemlich viel größer. Er hat Haare, die wie eine Bürste nach oben stehen. Und wenn er spricht, stößt er mit der Zunge an. Zu-

erst haben beide ihn ausgelacht. Uli hat ihn sogar nachgemacht. Aber da ist er richtig böse geworden. Er hat nach beiden Mädchen gespuckt und Uli an den Locken gezogen.
«Ihr seid gemein. Richtige miese kleine Mäuse, daß ihr's nur wißt!»
«Und du», hat Uli gekräht, «bist ein Igel mit deinen spitzigen Haaren. Sind die eigentlich so geschnitten? Oder wachsen die einfach so?»
Aber da hat Kuno nicht mehr gespuckt. Er hat einfach nur traurig ausgesehen. Und da hat es Uli gleich leid getan.
«Macht ja nichts», hat sie gesagt. Und Rike hat noch gesagt: «Igel sind sowieso meine Lieblingstiere. Ich hab früher mal einen gehabt!»
Seitdem kennen sie sich richtig. Kuno ist ihr Freund. Sie spielen auch zusammen, wenn er plötzlich um die Ecke kommt. Mit kleinen Autos, die Kuno aus der Tasche zieht, oder mit Murmeln. Oder sie

machen Kästchen hüpfen. Alles was Kinder auf dem Bürgersteig spielen können, ohne daß es gleich Ärger mit Erwachsenen gibt.
Einmal kommt Ulis Mutter dazu. Sie fragt: «Sagt mal, wer ist das eigentlich?»
Uli sagt: «Ein Junge, der Kuno heißt und hier irgendwo wohnt. Sie sind zugezogen, hat er gesagt. Seine Eltern sind den ganzen Tag weg. Die arbeiten. Sie kommen erst abends nach Hause.»
«Hm», macht Ulis Mutter. «Und der gefällt euch? Er sieht ja so furchtbar ungepflegt aus!»
«Weil er keine Zeit hat», sagt Uli. «Der muß ja auch kochen und einkaufen, und in die Schule gehen!»
Kuno geht in die zweite Klasse. Dem Alter nach hätte er wohl in die dritte gehört. Über Schule spricht Kuno nicht gern. Er hat auch nie Lust, «Schule» zu spielen. Heute hat er zeitig aus, weil der Lehrer krank ist. Plötzlich fragt er Uli und Rike:

«Kommt ihr mit rauf? Ich koch was für uns!»
Rike läuft rot an: «Ich frag mal ganz schnell ob ich darf!»
Uli hätte natürlich auch fragen müssen. Aber das ist Kuno schon wieder zu viel. «Dann eben nicht», sagt er gleich und rennt davon.
Aber jetzt laufen ihm beide hinterher. Einfach weil sie neugierig sind. Uli vor allem. «Wir gehen nur ganz kurz», zischt sie Rike zu.
Wenn beide auf der Straße sind, was beide Eltern gar nicht so gerne sehen, dürfen sie sich nur zwischen beiden Häusern bewegen. Die eine oder die andere Mutter guckt dann immer mal zum Fenster heraus. Sie haben genug von dem Nachmittag, als Uli und Rike in die Schule gegangen sind. Und Ulis Mutter hat auch den Schreck im Kaufhof noch nicht verdaut.
Uli beschwichtigt Rike:

«Jetzt haben sie ja gerade erst geguckt!»
Kuno läuft voran. In dem Haus, wo er wohnt, nimmt er zwei Stufen auf einmal. Die Freundinnen wundern sich, daß die Treppe so ausgetreten ist. Im Haus riecht es nach Sauerkraut.
«Sauerkraut», japst Uli, «habe ich eigentlich gar nicht so gern. Das kochst du doch nicht?»
Kuno holt den Schlüssel aus dem Blumentopf, der im vierten Stock auf der Fensterbank steht. Dann schließt er auf.
Uli und Rike folgen vorsichtig.
In der Küche stapelt sich das schmutzige Geschirr. Auch die Betten sind noch nicht gemacht. In der Wohnstube liegt eine Zeitung am Boden. Auf dem Tisch stehen Gläser und Bierflaschen. Alle leer, aber benutzt.
Uli und Rike starren mit offenem Mund.
Kuno sagt: «Was glotzt ihr denn so? Packt lieber mit an!»
Er selbst beginnt die Betten zu schütteln.

Uli meutert: «Du hast gesagt, daß du kochen willst!»
Kuno nickt: «Will ich ja auch, wenn aufgeräumt ist!» Jetzt stellt er beide richtig an. «Weil es dann schneller geht», sagt er.
Auf einmal bekommen sie Lust. Zu Hause finden sie es langweilig, Ordnung zu machen. Uli vor allem. Hier macht es Spaß. Es sind ja auch keine Großen da, die immerfort alles anders wollen.
Rike räumt die leeren Flaschen weg, die hinter einen Vorhang gehören. Uli steht mit der Zeitung da. «Wo kommt die denn hin?»
Kuno reicht ihr eine Schere: «Mach Klopapier draus!»
Uli stockt der Atem: «Aus Zeitungspapier?»
«Nach dem Essen», sagt Kuno, «waschen wir auf!» Er zeigt auf den Turm von Geschirr. «Jetzt könnt ihr erst mal Kartoffeln schälen!»
Vorgekocht sind sie schon. Aber beide

haben noch nie Kartoffeln geschält. Rike schneidet sich fast in den Finger dabei, und an den Schalen bleibt viel zu viel hängen.
«Gib her», sagt Kuno. «Ich denke, ihr seid Mädchen! Was könnt ihr denn schon?» Er ist ein bißchen wütend. Dann tut er Fett in die Pfanne. Das Fett spritzt auf. Die Kartoffeln schneidet er in Würfeln hinein. Er wendet sie bis sie

rundherum knusprig sind. Kuno versteht sich aufs Kochen. Das kann man sehen.
«Und was gibt's dazu?» Uli hat den Tisch mit drei Tellern bereits gedeckt. Kuno legt drei Küchenmesser dazu. Sie sind vorn ganz spitz.
«Nichts», sagt er. «Kartoffeln reichen!» Aber dann stellt er doch noch ein Glas mit Gurken hin.
Gabeln gibt es nicht. Kuno fragt:
«Wozu?»
Er spießt die erste Kartoffel auf und bläst sie an. Dann schiebt er das Messer in den Mund. Uli und Rike machen es nach.
Plötzlich klingelt es. Kuno steht auf und öffnet.
«Ach so», sagt er, weil er Rikes Mutter erkennt.
Sie hätte auch «Ach so», sagen können, weil sie Rike und Uli gleich am Küchentisch sitzen sieht.
Statt dessen sagt sie: «Kommt sofort mit!» Es klingt streng. Rike springt

auf. Uli rutscht langsamer vom Stuhl. Sie tappt den beiden hinterher. Kuno steht in der Tür und sieht allen nach. Nun muß er die ganzen Kartoffeln allein aufessen, und den ganzen Abwasch allein machen. Uli läuft ganz schnell noch einmal zurück.
«Danke für die Einladung», sagt sie.

Rike Suppenkasper

Uli wächst, daß einer sich hinstellen und zugucken könnte. Ihr schmeckt's aber auch. Wahrhaftig, ihr schmeckt beinahe alles was sie auf den Teller bekommt. Freilich mag sie Kaiserschmarrn mit Zukker bestreut und Preiselbeeren lieber als Sauerkraut und Spinat. Und Hühnchen und Schnitzel lieber als Haferbrei.
Bei Rike ist das anders. Rike hat keine Lust zu essen. Sie pickt wie ein Spatz in den besten Speisen herum. Nur bei Kuchen und Schlagsahne, bei Pudding und Eis langt sie zu. Aber Süßes allein ist ungesund wie jeder weiß. Wenn das so weitergeht, sagt Rikes Vater, wird sie ihre Zähne so schnell wieder verlieren wie sie gekommen sind. Rike glaubt das nicht. Aber Uli kriegt einen Schreck: «Mit was

beißt sie denn dann? Muß sie dann wieder die Flasche kriegen?»
Rikes Eltern sind wirklich in Sorge und nicht nur wegen der Zähne. Rike ist für ihr Alter zu klein und zu dünn. Selbst der Arzt sagt: «Wie eine Vierjährige!»
Rike stört das nicht. Sie erkundigt sich: «Haben kleine Leute denn kein schönes Leben?» Sie versteht die ganze Aufregung nicht.
Da fällt Ulis Mutter etwas ein. Sie wollen noch mal an die See, ehe die Schule losgeht. Im Campingwagen. Vielleicht möchte Rike mit? Die Nordseeluft macht Appetit. Manchmal ist einfach nur Abwechslung nötig.
Uli und Rike jauchzen. Das hätten sie sowieso schrecklich gefunden, so lange voneinander getrennt zu sein. Und Rikes Eltern bedanken sich herzlich. Wie wäre es, wenn Ulis Brüder in der Zeit zum Essen kämen, schlagen sie vor? Falls sie nicht noch in ein Lager wollen? Das paßt

ja wunderbar und alle sind zufrieden.
An der See gibt's viel Spaß. Uli ist nicht das erste Mal da, aber Rike. Doch Wind und Wellen und Baden und Schwimmen und in so viel Sand spielen können und Burgen bauen und Muscheln suchen, ändern nichts daran, daß Rike nicht essen mag.
Sie verzieht ihr Gesicht, sobald sie vor ihrem Teller sitzt. Uli schlingt und schmatzt und leckt sich die Finger ab: «Hm! schmeckt toll!» Rike guckt zu.
Manchmal wird auswärts gegessen in einer Gaststätte hinter dem Deich, und manchmal kocht Ulis Mutter, wenn sie grad mag. Im Campingwagen ist ja alles vorhanden – wie in einem winzigen Haus.
Aber am Strand gibt's auch einen Stand. Da kann man sich warmen Fisch und Hamburger und Kartoffelsalat und Würstchen besorgen. «Na Rike, was möchtest du?» fragt der Vater.

Rike schüttelt den Kopf. Nichts möchte sie. Höchstens Waffeln mit Eis. Die gibt's aber erst als Nachspeise.
Zu allem ist Rike aus dem Wasser gar nicht herauszubekommen. Und Salzwasser zehrt. Das ist bekannt.
«Schließlich», sagt Ulis Mutter, «bringen wir das Kind noch dünner nach Haus, als wir es mitgenommen haben! Hör mal zu. Wenn du so schlecht ißt, darfst du nicht mehr baden. Und das soll nicht etwa eine Strafe sein, daß wir uns verstehen!»
«Es ist aber eine!» Rike schluchzt jämmerlich. Zumal beide, Uli und sie, schon anfangen, richtig zu schwimmen, ohne Schwimmflügel.
Du lieber Himmel, was macht man da nur. So schwierig haben Ulis Eltern sich das nicht vorgestellt.
Da hat Uli einen Einfall. Nur sie, den sie mit der Mutter bespricht.
«Mami, weißt du was? Ich glaube, Rike will nicht, daß alle gucken, wenn sie

nichts essen will. Dann hat sie erst recht keine Lust.»
Die Mutter fragt: «Hat sie das gesagt?»
Uli nickt. «Halb. Halb hat sie es gesagt. Aber das stimmt. Mami, iß du erst mit Papi. Und ich esse mit Rike dann hinterher. Wir zwei für uns. Ich mach dann Spaß, und dann ißt sie vielleicht ganz aus Versehen und merkt es gar nicht. Oder wir spielen Mutter und Kind. Dann ist sie das Baby und ich füttere sie!»
Die Mutter lacht. Allzuviel hält sie nicht von dem Plan. Aber Probieren geht über Studieren.
Sie hätte zwar auch vom Kochen ganz gern Ferien gemacht, aber für Rike tut sie es weiter.
Die Eltern ruhen sich nach der Mahlzeit auf ihren Liegestühlen aus, mit dem Blick auf die See.
Uli und Rike essen «im zweiten Gang».
Uli mahnt:
«Ihr dürft nicht reinkommen, bis wir fer-

tig sind. Weil es sonst ja dasselbe wie vorher ist!»
Ist Uli eine Zauberin? Die ersten beiden Tage ändert sich wenig, wie zu erwarten war. Am dritten Tag aber hat Rike aufgegessen. Die Mutter sagt: «Ja, das gibt's doch nicht!»
Am vierten Tag erlaubt sich die Mutter ganz schnell mal, in den Wagen zu sehen. Durchs Fenster, von draußen nach drinnen.
Die Betten sind zur Klappbank verwandelt, und Uli und Rike sitzen am Tisch. Uli macht ein Kleinkindergesicht, und Rike schiebt ihr den Löffel in den Mund. Vorher ist sie damit in den eigenen gehäuften Teller gefahren. Es gibt Schinkennudeln, Salat und Tomatensoße. Uli ist vom Kinn bis zur Nase rot eingeschmiert, nur die Mundwinkel sind grün. Tisch und Mundtuch sind nudelbekleckert, und Ulis eigener Teller sieht wie abgeleckt aus.

Die Mutter winkt ihrem Mann zu: «Sieh dir das mal an!»
Da blicken aber auch die Freundinnen gerade auf. Rike läßt vor Schreck den Löffel fallen, und Uli läuft zornrot zur Tür.
«Mami! Das ist richtig gemein, daß ihr guckt. Rike wollte eben auch mal Mutter sein. Nicht immer bloß ich und sie das Kind. Es war auch nur noch ein ganz kleiner Rest, den sie an mich gefüttert hat!»
«Ach so», sagt die Mutter, «dann entschuldigt bitte!»
Trotzdem ist es mit dem Alleinessen aus, was Ulis Vater sowieso nicht behagte.
Aber nun geschieht etwas Seltsames, und das hat Rike sich ganz allein ausgedacht. Für jeden Löffel, den sie vom richtigen Essen ißt, es kann auch eine Gabel voll sein, zieht sie eine Muschel auf einen Faden auf. Es gibt Muscheln, die haben so ein winziges Loch. Rike möchte, daß es eine richtige schöne Halskette wird.

Doch sie mogelt nicht, sondern zählt ganz genau. Rike will die Kette ihrer Mami mitbringen.
Aber sie bringt ihren Eltern noch etwas mit: fast ein ganzes Pfund mehr an Gewicht als zuvor.

Minz und Maunz

Kuno, der Junge mit dem Uli und Rike eigentlich gar nicht mehr spielen sollen, freut sich. Er freut sich, daß er wieder Gesellschaft hat. Kuno sagt: «Als ihr an der See wart, da ist was passiert!»
«Was?» fragt Rike.
Kuno ist eine Katze zugelaufen. Eine struppige mit einem ganz dicken Bauch. Kuno wußte gleich, daß sie Junge kriegt. «Sie hat nur gesucht, wo sie bleiben kann.» Kuno hat ihr ein Körbchen gerichtet mit weichen Lumpen. Das hat er unter sein Bett geschoben und am Morgen waren alle vier Kleinen schon geboren.
«Erst», sagt Kuno, «haben sie mir nicht gefallen. Wie kleine Ratten sahen sie aus. Ganz nackt und blind. Aber jetzt sind sie niedlich. Wollt ihr sie mal sehen?»

Uli und Rike seufzen. Sie gingen für ihr Leben gern mit. Nur sie dürfen nicht. Aber später sagt Ulis Mutter. «Also gut, ich begleite euch!» Dann sieht sie auch mal, wo der Junge wohnt. Rikes Mutter hat schon erzählt von dem alten verbauten Haus, das die Stadt eigentlich abreißen will. Nur wo sollen dann die Leute hin, die eine teure Wohnung nicht bezahlen können?
Kuno räumt eilig sein Essen weg. Er hat diesmal gleich aus der Pfanne gegessen, aber mit einem Ei. Das Gelbe klebt noch am Pfannenrand. Das Katzenkörbchen steht jetzt in der Küche. Alle vier Jungen kuscheln sich unter die Mutter, die leise faucht.
Kuno streichelt sie. «Das sind Freunde. Die tun dir nichts!»
Uli und Rike atmen ganz leise. Die Kätzchen sehen wie Spielzeug aus, nur daß sie lebendig sind. Uli flüstert: «Das sind die niedlichsten von der Welt. So nied-

liche habe ich noch nie gesehen.»
Auch die Mutter findet sie reizend und Rike natürlich sowieso. Kuno nimmt zwei Kleine auf den Arm. Zwei sind grau-gefleckt, eins ist gestreift, und das kleinste ist fast schwarz.
«Drei können Sie haben», sagt Kuno zur Mutter. «Und die große dazu! Weil ich nur eine behalten darf.»
Aber die Mutter wehrt gleich ab. «Um Himmels willen, nein!»
Doch zu Hause betteln Uli und Rike, daß es kaum noch zum Aushalten ist.
«Mami!» sagt Uli: «Wir haben doch Platz. Und das bißchen Fressen ist doch nicht so schlimm!»
Es gibt Tiere, die mehr Arbeit machen, bestimmt. Katzen sind sehr reinlich. Freilich haben sie ihre Krallen, mit denen sie gern Stoffe und Bezüge zerreißen. Aber vor allem: Wer kümmert sich um die Tiere? Wer besorgt das Futter? Wer richtet es her? Wer wäscht die Freßnäpfchen

aus? Wer bringt sie zum Tierarzt, wenn eins erkrankt? Uli und Rike schreien um die Wette. «Wir. Wir!»
«Euch möchte ich sehen», sagt die Mutter. «Ihr vergeßt wohl, daß ihr in einer Woche zur Schule geht? Aus kleinen Katzen werden schnell große, die herumstreunen wollen. Wer paßt auf, daß sie nicht überfahren werden? Und sie kriegen Junge, ehe man sich versieht. Wo sollen die denn dann wieder hin? Also – zu uns kommen sie nicht ...»
Dabei soll Uli ruhig ein Tier haben, wenn sie ein bißchen älter ist. Ulis Brüder hatten schon mal einen ganzen Zoo im Zimmer. Aber Uli will keine Kröten und Schlangen. Nicht mal Meerschweinchen.
«Katzen gefallen mir am besten», sagt sie. «Rike auch.»
Aber die Mutter bleibt dabei: «Das muß euer Freund selber wissen, wo er mit seinen Miezen bleibt. Er wird ja noch andere Leute kennen!»

Uli schluchzt. «Eben nicht. Kuno hat Angst, daß sein Vater die Kätzchen totmachen läßt, wenn keiner sie nimmt!»
Dann aber ist die große Katze einfach verschwunden und nicht wiedergekommen. Er hat überall nach ihr gesucht, denn die Kleinen trinken doch noch bei ihr. Er hat sie dann mit der Flasche gefüttert, weil sie so schrien, und dann ist er zu spät zur Schule gekommen.
Zum Glück will die Gärtnersfrau eins haben. Sie glaubt, daß das schwarze ein Katerchen ist. Er soll ihr die Mäuse wegfangen, weil sie so viele auf ihrem Grundstück hat – in der Gärtnerei. Da nagen sie ihr alle Wurzeln unter der Erde kaputt. Sie braucht eine Katze. Eine ist also weg. Kuno will die gestreifte behalten, die wie ein kleiner Tiger aussieht.
Bleiben nur noch die zwei grauen übrig, die aber ganz blaue Augen haben. Kuno sagt: «Die müssen zusammen bleiben. Die spielen den ganzen Tag miteinander.

Da könnte man stundenlang zusehen!» Uli lacht. Genauso wie Rike und sie. Nur, daß ihnen niemand zusehen soll.
Ulis Eltern würden nun doch eins nehmen, wenn das andere zu Rikes Familie kommt. Aber da ist noch ein Problem: Rikes Vater fürchtet um seine Singvögel, und Rikes Mutter um ihr kleines Kind. Auch wenn Katzen nur Spaß machen oder schmusen wollen, Krallen haben sie nun einmal.
Uli sagt: «Ich finde Katzen sind die wichtigsten Tiere!» Sie hört nicht auf zu bitten und betteln, daß sie beide haben darf.
«Zwei nicht», sagt die Mutter, «keinesfalls.»
Uli schreit: «Haaach! Wenn ich nur endlich erwachsen bin! Dann mache ich nämlich, was ich will!»
Ihre Mutter lacht. «Das kannst du dann auch nicht. Du wirst staunen!» Dann aber geht alles wie von selbst, auch wenn es vorher noch einen Kummer gibt.

Kuno ist plötzlich ganz verweint. Sein Tigerchen ist tot. Es lag im Körbchen und hatte alle vier Beine von sich gestreckt. Kuno versteht nicht, warum. Er hat es schnell begraben, aber nun will er natürlich ein graues Kätzchen behalten. Eins von den zweien. Und da dann wirklich nur noch eins übrig ist, soll es Uli und Rike zusammen gehören, auch wenn es bei Uli wohnt. Und nun sagt Kuno: «Dann komme ich mit Maunz zu Besuch.»

Uli lacht. «Wenn dein Kätzchen Maunz heißt, heißt unseres Minz, das ist auch so in meinem Bilderbuch.»
«Eigentlich», sagt Ulis Mutter am Abend, «eigentlich ist euer Kuno ein netter Junge!»
Minz im ganz neuen Körbchen schnurrt dazu.

Das Geburtstags-geschenk

Manchmal wundern sich Uli und Rike, daß Erwachsene sich auch über Geschenke freuen. Rike meint: «Wo die sich doch alles selbst kaufen können!»
Aber da mischt sich Rikes Vater ein, weil er es zufällig mitgehört hat. «Na sagt mal, ihr zwei. Das sind ja Ideen! Natürlich kaufen Große sich selbst was notwendig ist. Aber oft ist es nicht das, was sie selber möchten. Außerdem geht es ja nicht nur ums Haben. Schenken bedeutet: ‹Ich will dir eine Freude machen. Ich habe dich lieb!›»
Uli nickt heftig, aber Rike meint immer noch: «Und wenn einer sich selbst lieb hat? Dann kann er sich doch auch selbst was schenken, oder nicht? Schadet das was?»

Jetzt lacht der Vater. «Von Fall zu Fall geht das!»
Uli möchte nichts von sich selbst geschenkt kriegen, obwohl sie doch dauernd Wünsche hat. «Von anderen», sagt sie, «ist das viel schöner! Denen kann man dann auch mal was schenken!»
Aber jetzt ist die Sache deshalb so wichtig, weil Ulis Mutter in drei Tagen Geburtstag hat. Uli hat schon einiges gebastelt. «Aber das war nichts», wie sie selber sagt. Sie könnte der Mutter etwas kaufen, dann muß sie aber ihr Sparschwein zerschlagen. Und was soll es sein? Wer geht mit ihr einkaufen? Außerdem will die Mutter gar nichts Gekauftes, das hat sie schon oft gesagt.
Uli seufzt. «Es müßte was sein, was in gar kein Haus mehr reinpaßt, soo lieb habe ich sie nämlich.»
«Eine Giraffe» schlägt Rike vor. «Die kann nicht mal ihren Hals einziehen!»
Beide haben gerade eine im Zoo gese-

hen, als sie mit Ulis Oma da waren. Sie kichern und Uli sagt: «Da möchte ich meine Mami mal sehen, wenn ich sag: ‹Hier ist eine Giraffe als Geschenk!›»
Aber vielleicht hilft Rikes Mutter, einen riesengroßen Kuchen zu backen? So einen wie Uli tags zuvor im Fernsehen sah. Das sollte ein Baumkuchen sein. «Guckt mal den», hat Ulis Mutter gesagt, «der geht ja durch gar keine Tür!» Er war für eine Prinzessin zur Hochzeit bestimmt.
Aber davon will Rike nichts hören.
«So einen backt meine Mama nie. Wie sollen wir denn den zu euch rüberbekommen? Wenn er durch keine Tür geht. Und wenn meine Mama all die Zutaten kauft, lauter Säcke von Eiern und Mehl und Zucker und tausend Stück Butter, dann ist es ja ihr Geschenk .Gar nicht deins!»
Uli gibt zu: «War bloß ein Witz!» Ein anderer Witz wäre ein Blumenstrauß, der in keine Vase mehr paßt. Höchstens noch in

die Badewanne. Aber soll Ulis Mutter an ihrem Geburtstag stundenlang auf dem Klodeckel sitzen, um ihn anzustarren? Sonst hätte sie ja gar nichts davon. Trotzdem bleibt Uli dabei, daß ihr Geschenk nichts Kleines sein darf. Da ist es ein Glück, wie sie meint, daß sie auf dem Boden eine mächtige Pappe entdeckt, die sie kaum ungesehen in ihr Zimmer bekommt. Rike steht Wache, damit niemand es merkt.
Die Buntstifte brechen einer nach dem anderen ab, aber das ist egal. Uli malt in Windeseile: Bäume und Häuser, Menschen und Tiere, Wolken und Blumen und zum Schluß eine riesige Sonne, die alles bescheint. Rike lehnt sich gegen die Tür, damit keiner hereinkann. Uli beguckt sich ihr Werk von oben, breitbeinig. Sie sagt: «Ich find's schön!» Dann schiebt sie es unters Bett.
Am nächsten Tag ist es soweit. Uli wacht zeitig, sehr zeitig auf und zieht sich an.

Ihr schönstes Kleid mit den Rüschen natürlich, was denn sonst? Sie zerrt ihr Geschenk unter dem Bett hervor, diesmal ohne Rikes Hilfe, und schleift es in die Wohnstube, wo sie es unter dem Sofa versteckt. Dann wartet sie. Der Frühstückstisch ist schon gedeckt. Das macht die Mutter immer am Abend zuvor. Uli baumelt mit den Beinen.
Endlich kommt die Geburtstagsmutter. Sie erschrickt fast als sie Uli sieht: «Du schon, mein Schatz?» Dann sagt sie: «Später, Liebling!» Denn der Vater folgt ihr auf dem Fuß. Er muß ins Büro. Da läutet das Telefon. Irgend jemand, der gratulieren will. Und an der Haustür schellt es auch. Irgendein Päckchen wird abgegeben. Uli stellt befriedigt fest, daß es kein sehr großes ist. Die Brüder sind auch wieder einmal zu spät dran für die Schule. Sie trinken ihren Kaffee im Stehen. Sie umarmen die Mutter mit einem Blumenstrauß, für den die Mutter die

Vase sucht. Der Vater umarmt sie auch, ehe er geht. Endlich sind alle weg.
Die Mutter lacht. «So ein Wirbel! Jetzt sind wir allein!»
Nun könnte Uli gratulieren. Die Mutter wartet wohl richtig darauf, aber plötzlich kriegt sie kein Wort heraus. Sie hat sich alles ganz anders gedacht, mehr feierlich und so wie bei ihrem eigenen Geburtstag. Aber dafür hat sie ja jetzt ihr Bild. Uli zieht es ächzend unter dem Sofa hervor.
«Soll das für mich sein?» fragt die Mutter.
Uli nickt und erwartet ein entzücktes: «Das ist aber schööön!» Das sagt die Mutter nicht, denn Uli hat oft schon viel sorgsamer, auch mit mehr Einfällen, gemalt. Das ganze ist ziemlich hingeschludert! Und so sagt die Mutter nur: «Hübsch!» Und dann: «Aber warum ist das Bild denn so riesengroß? Da weiß ich ja gar nicht, wo ich damit bleiben soll?»

Uli schluckt. Die Tränen sitzen ihr schon im Hals. Und dann schreit sie fast die Mutter an: «Weil ich dich so riesengroß liebhabe! Deshalb doch bloß!»
Da nimmt die Mutter sie in die Arme und drückt sie fest. «Wenn es so ist», sagt sie, «bedanke ich mich sehr. Für das Liebhaben vor allem. Denn das ist immer das größte Geschenk. Da gibt es überhaupt kein größeres!»
Später zeigt die Mutter Uli, was sie vom Vater bekommen hat. Was beinahe Winziges, stellt Uli fest. Trotzdem merkt sie der Mutter an, wie sie sich freut. Es ist ein ganz kleines Fotoalbum mit einem Klappdeckel aus Metall. Es ist so klein, daß die Mutter es sich um den Hals hängen kann, wenn sie will. Vater hat heimlich lauter Fotos von allen gemacht. Von Uli natürlich auch, von den Brüdern und von der Oma als sie da war! Jeder ist genau zu erkennen.

Vergrößern kann man die Bilder natürlich auch.
Uli kommt zu dem Schluß, daß ein großes Geschenk auch klein, und ein kleines ganz groß sein kann, für den, der es kriegt. Das hat sie vorher nicht so richtig gewußt.

Hoppelpoppel

Acht Tage noch bis zum Schulbeginn! Und da haben Uli und Rike noch ein einziges Mal einen riesigen Wunsch. Nicht etwa eine riesige Zuckertüte, die sowieso.
Uli sagt: «Was ganz anderes, weil dann der Ernst des Lebens beginnt.» Die Mutter läßt das Kaffeegeschirr beinahe fallen. Der Vater guckt von der Zeitung auf und lacht.
Aber Lachen verbittet sich Uli.
Sie atmet tief: «Die Sache ist die, daß ich endlich, endlich auch mal bei Rike schlafen möchte. Und Rike bei mir!»
«Liebling», sagt die Mutter, «was soll denn das? Ihr steckt doch den ganzen Tag beieinander und wart jetzt vierzehn Tage an der See zusammen. Auch nachts!»
Uli windet sich. «Das war was anderes.

Da wart ihr doch immer dabei. Und wir alle so eng zusammen!»
Was haben die beiden vor?
«Nachts», sagt der Vater, «sollt ihr schlafen und nicht irgendwelchen Unsinn treiben!»
Uli stehen die Augen voller Tränen. Manchmal haben es Kinder schon schwer mit Großen, nicht immer bloß umgekehrt.
Uli sagt: «Das ist doch nichts Schlimmes! Erlaubt's doch mal.»
Nein, schlimm ist es nicht. Ulis Vater zwinkert der Mutter zu.
«Also gut. Wenn auch Rikes Eltern nichts dagegen haben!»
Genauso läuft die Sache bei Rike ab: «Wenn Ulis Eltern auch zustimmen!»
Die Freundinnen jauchzen. Wieder einmal. Aber nun ist die Frage, wer schläft bei wem zuerst? Weil es das erste Mal doch am spannendsten ist. Uli hat das größere, vielleicht auch schönere Zim-

mer, gleich mit einem rosa gekachelten Bad nebenan, und einer Wanne, die so groß ist, daß beide gleichzeitig darin planschen können. Das lockt Rike sehr. Und ein Klappbett gibt es auch.
Umgekehrt hat Rike ein viel kleineres Zimmer. Eigentlich sogar nur ein winziges, aber mit einem riesigen Fenster im Dach, durch das nachts derMond und die Sterne scheinen. Und das findet Uli einfach wunderbar. Außerdem schlafen Rikes Eltern im Stockwerk darunter, und nicht gleich nebenan.
Uli breitet drei Bilderbücher vor der Freundin aus: «Du kannst dir eins wählen, wenn ich bitte, bitte zuerst zu dir kommen darf!»
Rike überlegt. «Immer du», sagt sie. Aber dann nickt sie, auch weil sie ein bißchen geschmeichelt ist, daß es Uli bei ihr so gut gefällt.
Jezt sind beide beschäftigt, bis zum nächsten Tag, der ein Samstag ist. Rike

mit Vorbereitungen, Uli mit Packen. Sie hat ihren eigenen Kinderkoffer. Ihre Brüder lachen. «Ja», sagt Uli, «das ist eine richtige Reise, auch wenn die Reise zu Fuß nur knapp zwei Minuten dauert.»
Sie wählt ihren schönsten Schlafanzug aus. Und natürlich den Quietschpulli und Pantoffel und Waschzeug und Morgenrock. Und dann packt sie noch ein paar Überraschungen ein, die aber nicht mal die Mutter sehen darf.
Uli verlangt, daß alle winken, als sie das Haus verläßt. Auch Rike hat lange vor der Zeit Aufstellung hinter der Gardine genommen. Beim Abendbrot siezen sie sich. «Möchten Sie noch etwas Wurst, meine Dame? Oder lieber Käsesalat?»
Bis sie es vergessen, oben im Bett, als sie endlich allein sind. Sie tun, als wären sie das sonst nie. Die Mutter hat das Licht gelöscht.
«Also nun schlaft recht schön, ihr zwei!»

Sie hat für Uli eine Liege aufgestellt, die kaum noch ins Zimmer hineinpaßt. Uli und Rike kichern, als sie unter einer Decke stecken. Unter Rikes Decke natürlich. Sie hören überhaupt nicht zu kichern auf.
Uli läßt ihre Taschenlampe leuchten. Das ist eine der Überraschungen. Beide richten sich wie in einer Höhle ein. Rike hat reichlich für Süßes gesorgt. Sogar in der Nachttischschublade ihres Vaters, der immer sagt: Süßes ist ungesund, hat sie was gefunden.
Die Zähne haben beide zwar schon geputzt, aber an dem Abend ist alles Geheimnis und Ausnahme. Sie lutschen und lachen und erzählen sich was. Ans Schlafen denken sie nicht. Später hüpfen sie aus dem Bett und spielen Gespenst! Uli hat das Ende der Taschenlampe im Mund. Das sieht im Dunkeln unheimlich aus. Rike kreischt vor Lust und hat doch etwas Angst. Dann sind

Schritte auf der Treppe zu hören. Lauscht Rikes Mutter? Beide springen ins Bett zurück. Dann ziehen sie das Rollo vom Fenster hoch, und der Mond guckt nach einiger Zeit wahrhaftig herein. Wie bestellt und rund und prall. Uli und Rike können sein Gesicht genau erkennen. Daß in dem Mondkopf Berge sein sollen, glauben sie nicht. Dafür ist er ja gar nicht groß genug. Das Zimmer ist plötzlich so hell wie am Tag, fast jedenfalls. Später, als der Mond weiter wandert, macht er tausend und tausend Sternen Platz. Sie funkeln und sprühen. Uli sagt: «So schön hab ich die noch nie gesehen und so nah!»
Und nun kommt die nächste Überraschung. Uli wickelt ihre Spieluhr aus, die «Weißt du, wieviel Sternlein stehen» spielt. Rike singt leise mit. Uli dann auch. Es ist fast wie Weihnachten, finden sie, richtig feierlich. Doch vor Feierlichkeit schlafen sie auch fast ein. Aber das wol-

len sie nicht. Auf keinen Fall. Auch hier hat Uli vorrausgedacht: «Guck mal was das ist?»
Rike nickt. «Ein Küchenwecker, ein altmodischer. Woher hast du den denn?»
Uli lacht. Sie hat ihn ihrer Mutter abgebettelt, weil in der Küche schon lange ein neuer ist, der nicht so laut tickt.
«Ich habe gesagt, daß ich den für meine Puppen brauche, weil die immer nicht aufwachen wollen.»
Thomas, Ulis Bruder, hat ihr gezeigt, wie man ihn stellt. Uli und Rike stellen ihn auf zwölf Uhr nachts, weil sie da spätestens wieder aufwachen wollen. Rike glaubt: «Dann sind meine Eltern bestimmt im Bett!»
Das ist wichtig, denn sie hat sich ja auch etwas ausgedacht. «Weißt du was?» flüstert sie. «Wenn sie ganz fest schlafen, das merken wir ja, dann schleichen wir uns in die Küche runter und machen uns Hoppelpoppel.»

Rike fährt sich mit der Zunge über die Lippen. «Hoppelpoppel schmeckt toll. Weißt du wie das geht? Einfach das Weiße vom Ei mit einer Gabel schlagen, bis ein riesiger Berg Schaum draus wird. Dann rührt man das Gelbe mit Zucker dazu!» «Toll», sagt Uli. «Das machen wir!»
Als der Wecker so laut rasselt, daß taube Leute davon aufwachen könnten, stürzen Rikes Eltern die Treppe hinauf. «Was ist denn da oben passiert?»
Aber Uli und Rike – in einem Bett – schlafen wie die Murmeltiere. Die Mutter hebt den Wecker vom Boden auf, der Uli aus dem Armen gefallen ist. Uli und Rike wachen erst auf, als die Sonne sie auf der Nase kitzelt.
Sie verstehen das nicht. Hat der Wecker denn gar nicht geweckt? Plötzlich tickt er auf der Kommode. Wie ist der denn dahin gekommen?
«Hoppelpoppel», sagt Uli, «machen wir dann eben jetzt.»

Rike seufzt. «Gerade in der Nacht schmeckt's aber so gut!»
Dann lachen beide. Sie haben ja noch eine Nacht. Dann eben bei Uli das nächste Mal. Und wer weiß, wie viele später noch, auch wenn sie nun in die Schule kommen.